THOMAS KLAPPSTEIN

WEIHNACHTSWUNDERHOFFNUNG

Weihnachten ist unterwegs

AF219719

Thomas Klappstein

WEIHNACHTSWUNDERHOFFNUNG

Weihnachten ist unterwegs

Bibliografische Information der Deutschen Nationalbibliothek:
Die Deutsche Nationalbibliothek verzeichnet diese Publikation
In der Deutschen Nationalbibliografie; detaillierte bibliografische
Daten sind im Internet unter dnb.dnb.de abrufbar

Impressum:
Alle Rechte vorbehalten
© 2022 Klappstein, Thomas
Neuausgabe 2022 (bearbeitet u. z. T. verändert)
Umschlaggestaltung: Silja Dreyer
Idee: Thomas Klappstein
Satz und Satzgestaltung: Silja Dreyer
Fotos, Zeichnungen & Skizzen: Thomas Klappstein & Claudia Klappstein
Foto S. 108: Wolf-Dieter Harke
Titel der Originalausgabe: Es weihnachtet trotzdem sehr
BOD Verlag, Norderstedt bei Hamburg 2020
Einbandgestaltung: Silja Dreyer

Herstellung und Verlag: BoD – Books on Demand, Norderstedt 2022
ISBN: 978-3-7568-8421-6

Auch als eBook erhältlich

INHALT

VORWORT

Weihnachten ist auf dem Weg! Aber sind Sie bereits in Weihnachtsstimmung oder zumindest schon mal in Adventsstimmung, liebe Leserin, lieber Leser? Das muß ja nicht selbstverständlich sein. Und was ist eigentlich Weihnachtsstimmung? Wann stimmt die Stimmung im Advent? Bei den richtigen musikalischen Klängen? Bei Kerzenschein? Beim Päckchenpacken und beim Punsch? Bei Kinderträumen und den Erinnerungen an frühere Zeiten? Bei fröhlichem Gelächter?

Zu dem Zeitpunkt, an dem ich diese Zeilen schreibe, haben wir zwei herausfordernden Corona-Winter hinter uns, die auch diese besondere Zeit des Jahres betroffen und so manche Feierlichkeiten zum Weihnachtsfest beeinflusst hat. Das Gros der Bevölkerung wünschte sicherlich endlich wieder ein „normales" Weihnachtsfest. Doch dann schrecken auf einmal ein autokratisches Regime und deren Hauptprotagonisten, denen es im Wesentlichen nur um sich geht und darum, ihr „Regime" so lange wie möglich an der Macht zu halten, nicht davor zurück, einen Krieg vom Zaun zu brechen. Mitten in Europa. Was Energie- und sonstige Krisen nach sich zieht, die das Leben vieler Menschen betreffen. Also wieder nichts mit Normalität im Advent und zu Weihnachten?

Schön wäre es wohl, wenn man einfach eintauchen könnte in diese besondere Zeit (für manche die schönste Zeit des Jahres) und die Geräusche des Alltags ausblenden. Aber in der Realität höre ich dieselben Klänge wie sonst auch im Jahr. Bei jedem wird die Summe seines unverwechselbaren Lebens mit anderen Klängen gebildet. Manchmal, wie in Krisenzeiten, leider auch mit Missklängen. Wehren kann man sich gegen Geräusche kaum. Die Ohren nicht wie Augen schließen. Aber ich kann versuchen auf Klänge zu hören, die mein Leben im Advent anders machen. Und auch meine anderen Sinne schärfen. Mich darauf einlassen, das wieder Weihnachten wird. Trotz Krisenzeiten.

Es gibt Dinge, die mache ich nur im Advent und zu Weihnachten. Traditionen haben sich entwickelt. Nüsse knacken, unseren großen roten Herrnhuter Stern in den Baum am Haus hängen und in der ganze Advents- und Weihnachtszeit leuchten lassen, damit er die Nachbarn und Vorbeikommende erfreut. Oder wirklich gutes Marzipan besorgen und essen (o.k., bei Marzipan gibt es die eine oder andere Ausnahme über das Jahr verteilt – aber nur ganz wenige ...). Kerzen werden in der Regel nur mit einem Streichholz entzündet. Um nur einige Beispiele zu nennen.

Und natürlich Weihnachtsgeschichten lesen, um mich in und von dieser besonderen Zeit inspirieren zu lassen. Alte und neue. Und auch die Originale.

Auch wenn ich diese Zeilen zum neu gestalteten und überarbeiteten Buch von mir an einem heißen Tag im September während einer kurzen Auszeit auf Kreta, in einer Taverne eines kleinen Fischerdorfes schreibe, die auch in einer der Geschichten dieses Buches eine Rolle spielt, unter einem schattenspendenden Baum, werden diese Zeilen zu einer eher kalten Zeit gelesen, vielleicht dieses Mal zu einer besonders kalten Zeit. In vielerlei Hinsicht, aufgrund der neuen Krisensituation. Und man sehnt sich nach dem eigentlich zu heißen Sommer des Jahres 2022 zurück.

Aber egal welche Umstände hier oder anderswo auf der Welt gerade herrschen, Weihnachten fällt nicht aus. Nicht im Erscheinungsjahr dieses Buches und auch nicht in späteren Jahren, wenn Sie u. U. dieses Buch das erste Mal oder wieder in der Hand halten. Jedes Jahr steht es nicht nur im Kalender, es wird auch gefeiert. Denn wenn eigentliche „Unmöglichkeiten zur Möglichkeit werden" – und das ist ja eigentlich beim ersten Weihnachtsfest, in der ersten Weihnachtswundernacht geschehen: der Schöpfer wurde Geschöpf, in seinem Sohn Jesus Christus – dann kann man sich dieser Faszination nicht entziehen und dieses Ereignis der zur Möglichkeit gewordenen Unmöglichkeit nicht ignorieren. Das möchte man feiern. Darüber darf man nachdenken, sich inspirieren lassen zum Nachdenken und Staunen.

Denn Fakt ist: **Weihnachten fällt nicht aus!**

Auch wenn Weihnachtsmärkte ausfallen können, Weihnachtsbeleuchtungen in den Städten und Dörfern ausfallen können, Weihnachtsfeiern ausfallen können, Weihnachtsbesuche ausfallen können, sogar Weihnachtsgottesdienste ausfallen können, so fällt doch Weihnachten nicht aus. Weil Liebe nicht ausfällt, Hoffnung nicht ausfällt, Licht im Dunkel nicht ausfällt und vor allem „Immanuel" („Gott mit uns") nicht ausfällt. Weihnachten fällt nicht aus, es wird nur manchmal anders gefeiert.

Darauf weisen auch die Geschichten und Texte dieses Buches hin. Es kann sein, das einen eine Geschichte einmal nicht so sehr berührt oder erreicht. Dafür geht einem anderen Menschen genau bei dieser Geschichte gerade ein Licht auf, das er schon lange ersehnte und das ihn auf seinem Weg stärkt. Oder er findet sie einfach nur schön und sie erheitert ihn. Und auch umgekehrt.

Den Leserinnen und Lesern wünsche ich bei der Lektüre interessante und anregende literarische Begegnungen zwischen diesen Buchdeckeln. Gesegnete Adventstage und -wochen, ein echtes „Weihnachtsfeeling" und jedes Jahr mindestens ein echtes Weihnachtswunder. Die positive Erfahrung, daß eine Unmöglichkeit zur Möglichkeit wird. Gerne auch einmal mitten im Jahr.

Herzlichst
Thomas Klappstein, Georgioupoli, Kreta, im September 2022

WIKINGERWEIHNACHT

Herrlich: Klare Luft, knackig trockene Kälte, ein blauer Himmel, an dem sich die eine und andere Wolke tummelt und der Schnee knirscht unter den Fellstiefeln. Die Boote liegen gut vertäut im Hafen von Ribe und das Wasser des kleinen Flusses „Ribe Å" der ein paar Kilometer westlich in die Nordsee mündet, ist zugefroren. Eine dünne Schneeschicht liegt auf dem Eis, hier und da hat der Wind Schneeverwehungen am Rumpf der Boote aufgeworfen.

Snjall, der jüngste Sohn des Wikingerboot-Kapitäns Galdur liebt diese Zeit des Jahres. Wenn alles ein bisschen zur Ruhe kommt, die Tage zwar kurz sind, aber dafür in den Nächten immer wieder mal das faszinierende Farbspiel des Polarlichtes zu beobachten ist. Er ist dann gerne draußen unterwegs, gut eingepackt in warme Kleidung, die ihm seine Mutter Solveig genäht hat.

Und heute, so kurz vor dem Fest der Winter-Sonnenwende, das in Ribe und im ganzen Land Dänemark, immer noch gerne gefeiert wird, will er den ganzen Tag draußen unterwegs sein. Ein bisschen während der wenigen Stunden, in denen es hell ist, mit seinen Gedanken alleine sein und versuchen die Veränderungen einzusortieren, die er seit einigen Wochen registriert.

Zum späten Nachmittag, frühen Abend ist er mit Ansgar verabredet, dem Priester der neuen Religion, die seit ein paar Jahren in Ribe, aber auch in ganz Dänemark, immer mehr Anhänger gewinnt.

Ansgar selbst nennt sich einen Mönch, kann ziemlich gut reden, auch zu vielen Menschen, und hat begonnen, ein großes Haus aus Holz mit einem noch größeren Turm in Ribe zu bauen. Eigentlich bauen zu lassen, von den Handwerkern am Ort. Aber oft genug legt er auch selbst Hand mit an. Ansgar selbst stammt aus Bremen, einer Stadt in Germanien und war vor vielen Jahren nach Ribe gekommen, um der Wikingergemeinschaft, deren Vorfahren Ribe gegründet hatten, mehr von dieser neuen Religion zu erzählen. Von der Religion, die ein anderer Priestermönch, Bonifatius, hier lange vor Ansgar mal vorgestellt hatte.

Bonifatius wiederum war damals eigentlich auf dem Weg nach Schottland, wollte einfach mit einem der Boote mitfahren, die vom Hafen von Ribe aus immer wieder zu Rauf- und Raubzügen in Richtung der englischen Insel aufbrachen, auf der sich auch Schottland befand. Bonifatius kam gerade von Fritzlar, sehr weit entfernt im Süden des germanischen Landes, wo er irgendeine „Donareiche" gefällt hatte, um die Kraft des Gottes der neuen Religion zu demonstrieren, was ihm wohl auch gelungen war. Bevor er nach Schottland übersetzte, blieb er dann aber noch eine Weile in Ribe, um die Menschen, die hier lebten, von dieser neuen Macht, diesem neuen Gott zu überzeugen. Ein paar kehrten Odin, Wotan und Konsorten daraufhin den Rücken. Aber längst nicht alle. Und als Bonifatius weg war, sprach auch kaum noch jemand von dieser neuen Religion. Bis auf ein paar Leute, die sich ab und zu in ihren Hütten trafen und über die Dinge sprachen und nachdachten, die sie von Bonifatius gehört hatten.

Vor einigen Jahren nun tauchte Ansgar auf und blieb. Baute sich eine eigene Hütte in Ribe, lebt mit den Leuten und hält meist einmal in der Woche eine längere Rede über diese neue Religion. Zuerst auf dem Thing, dem Gerichtsplatz in Ribe und seit ein paar Monaten in dem großen halb fertigen Holzhaus. In dem jetzt zum Sonnenwendfest allerdings auch die grünen Nadelbäume aufgestellt wurden, die in vielen Hütten der Wikinger in dieser Jahreszeit ihren Platz finden und neben gutem Geruch auch ein bisschen Farbe in die Räume bringt. Auch im Kulthaus der Siedlung stehen mehrere dieser Bäume.

Snjalls Eltern Galdur und Solveig hatten noch geschlafen, als er das Haus verließ. Jedenfalls wahrscheinlich. Zumindest waren sie noch nicht aus ihrer Kammer gekommen. Zu dieser Zeit des Jahres war Galdur immer für einen längeren Zeitraum bei der Familie, was eigentlich alle genossen. Besonders Solveig. Vielleicht war auch das der Grund, dass sie noch nicht aus ihrer Kammer gekommen waren, hatte Snjall gedacht, als er die Tür hinter sich zumachte und in diesen tollen Wintertag startete.

In den wärmeren Zeiten des Jahres, in denen kein Eis auf dem Fluss ist und die Stürme auf dem Meer nicht so heftig sind, ist Galdur meist viele Tage und Nächte mit seinem Boot und seiner Mannschaft unterwegs, die er befehligt. Oft statten sie der englischen Insel einen Besuch ab, mit deren Einwohnern sie sich nicht so wirklich verstehen und kommen dann entweder mit voll beladenen Booten zurück, manchmal aber auch etwas lädiert und bandagiert. Echte Wikingermänner halt. So wirklich weiß Snjall noch nicht, was er davon halten soll. Ob er da später auch mal mitfährt, wie Galdur oft sagt. Dann, wenn er ein Mann geworden ist. Aber Snjall ist vom Wesen anders als sein Vater, den man durchaus als rau aber herzlich bezeichnen kann.

Galdur ist sicherlich nicht konfliktscheu. Er sagt auch im Ort seine Meinung, wenn ihm etwas nicht passt. Besonders Ragnar, dem Kapitän eines anderen Wikingerbootes, der sich gerne mal als Häuptling aufspielt.

Aber Galdur hält sich auch an Spielregeln, einen ungeschriebenen Verhaltenskodex. So werden z. B. außerhalb der Beutefahrten mit ihren Booten Engländer von den Wikingern nicht attackiert, wenn man ihnen begegnet. Man grüßt sich zwar nicht unbedingt und wenn, schon gar nicht freundlich, aber man lässt sich in Ruhe.

Seit einigen Tagen und Nächten ist alles anders, findet Snjall. Eine mehr als friedvolle Atmosphäre liegt über Ribe. Das liegt sicherlich nicht nur an den Getreidebündeln, die aufgestellt wurden, damit sich die Vögel daran mit Futter versorgen können. Das wurde nämlich schon immer gemacht. Jedenfalls solange Snjall zurückdenken kann. Aber Menschen, die sich sonst am liebsten mit dem Hintern nicht anguckten, grüßen einander auf einmal freundlich. Auch Galdur, sein Vater ist anders. Er grüßt sogar, wenn ihm jemand aus der Gruppe der Engländer begegnet, die es mit ihrem Boot nicht mehr rechtzeitig vor den großen Stürmen zurück auf ihre Insel geschafft hatten und jetzt hier überwintern müssen. Bei Ansgar übrigens, der ihnen Asyl gewährt in dem halb fertigen großen Holzhaus. Eisenkörbe, in denen Feuer gemacht werden kann, durch das zumindest ein bisschen Wärme erzeugt werden kann, hat Thorgil zur Verfügung gestellt, der  Schmied des Ortes. Auch der hat sich irgendwie verändert. Ist oft dabei, wenn Ansgar eine seiner Reden hält. Jokuel, der Zimmermann sorgte für Unterlagen zum Schlafen. Und viele von denen, die Ansgar regelmäßig zuhören, haben Decken und Felle gebracht. Aber nicht nur die. Auch Solveig hatte schon warme Kleidung vorbeigebracht, die Galdur nicht mehr brauchen würde, und auch zwei Felle.

„Als wäre es eine andere Welt", denkt Snjall. Er fängt an, diese Zeit des Jahres mehr und mehr zu lieben. Weil alle so glücklich und freundlich und hilfsbereit scheinen, alles so friedlich und harmonisch ist.

Von all diesen Dingen, seinen Beobachtungen und Gedanken erzählt Snjall nun Ansgar, bei dem er nach seinem langen Spaziergang inzwischen angekommen ist und der ihm nun aufmerksam zuhört. Darüber fängt es an, dämmrig zu werden – die blaue Stunde zwischen Sonnenuntergang und dem Einbruch der Dunkelheit. Erste Sterne fangen bereits an, am Firmament zu funkeln. Snjall sitzt mit Ansgar vor dessen Hütte, um einen dieser Eisenkörbe herum, in dem ein schönes Feuer lodert und für den

Moment noch genug Wärme abgibt. Jeder der beiden hat einen Becher mit heißem Blaubeersaft in der Hand, die im Wikingerland im Sommer und Herbst zuhauf geerntet wurden.

„Sag mal, weißt du, warum sich die Dinge hier so verändern?", wollte Snjall von Ansgar wissen. „Hat das was mit deiner Religion zu tun, von der du so viel erzählst?"

Ansgar will gerade anfangen seine Sicht der Dinge zu erzählen, da hört er Snjalls aufgeregte Stimme: „Und da ...", Snjall deutet mit dem Becher in der Hand in Richtung des Stalls, der sich neben dem Gasthaus von Knorr befindet, das immer reichlich voll ist in dieser Zeit des Jahres und in dem auch Snjalls Eltern, Galdur und Solveig, ganz gerne mal ihren Met trinken.

In dem Stall neben dem Gasthaus befanden sich neben Stroh und Heu, die Tiere von Knorr. Ein paar Hühner, Schafe, einige wenige Kühe, ein Ochse und sogar ein Esel. Vor einigen Sommern wurden diese Eseltiere auf einigen Wikingerbooten von einer längeren Reise mitgebracht. Neben den üblichen Beutegegenständen. Inzwischen hatten sie sich sogar hier im hohen Norden vermehrt.

Genau über diesem Stall – so sieht es optisch jedenfalls aus – leuchtet ein Stern besonders hell. Er wirkt größer als die anderen Sterne und scheint richtig zu strahlen. „Und da, dieser Stern war vorher noch nie da!", ließ Snjall laut, aufgeregt und deutlich vernehmen.

„Nee, nee", erwidert Ansgar, „der ist eigentlich die ganze Zeit da. Aber die meisten Menschen können oder wollen ihn nur zu dieser Zeit des Jahres sehen. Da wo ich herkomme, nennen wir sie übrigens Weihnachten."

WEIHNACHTSBLUMEN HINTER GITTERN

Als Musiker hatte er Weihnachten schon in sehr, sehr unterschiedlichen Situationen verbracht: im Krankenhaus, auf Tournee, auf winterlichen Kreuzfahrten, in Jugendzentren und einmal sogar in einem Gefängnis.

Das war sicherlich sein eindrucksvollstes Weihnachten: Damals war er von einer Gruppe von Strafgefangenen, die sich um einen Gefängnisseelsorger herum gebildet hatte, mit dem er befreundet war, in einem langen und herzlichen Brief gefragt worden, ob er ihnen in der Weihnachtszeit nicht ein Konzert geben könnte. Solch eine Anfrage ist eigentlich nichts Außergewöhnliches. – Seit Anfang seiner Profession als Sänger hatte er immer wieder sogenannte Knastkonzerte gegeben. Auch inspiriert von Jonny Cashs Gefängniskonzerten in San Quentin und im „Folsom State Prison", wo dieser mit seinem Song „Folsom Prison Blues", den er schon 1953, während seiner Zeit bei der US-Army in Deutschland geschrieben hatte, sein Konzert eröffnete. Damals wurde mitgeschnitten und dann die Aufnahme als eines seiner besten Live-Alben verkauft.

An so etwas wie einen Livemitschnitt im Knast hatte er auch schon mal gedacht, aber dann bisher doch nicht die Energie gefunden, dieses Projekt einfach mal anzugehen. Inzwischen müßte er aber in nahezu allen deutschen und etlichen Gefängnissen im deutschsprachigen europäischen Ausland mindestens einmal aufgetreten sein.

Er mag solche Konzerte, weil sie meistens eine sehr eindrucksvolle Atmosphäre haben; die Zuhörer sind entweder geballt gegen einen, oder sie sind stark für einen. Normalerweise hatte er gerade bei diesen Konzerten sehr gute Resonanz mit den Spirituals und den Liedern, die er singt, weil in der bedrückenden Gefängnissituation dieser Freiheitsgeruch und der Ruf nach Würde jener Sklavensongs besonders deutlich wird.

In dem Gefängnis, aus dem der Brief kam, hatte er schon zweimal gesungen; einmal etwa fünf Jahre und einmal knapp ein Jahr vor jenem Brief. An einige Leute konnte er sich erinnern, an Gespräche, vor allem an jenen Pfarrer, dessen Stil und Arbeitsweise er irgendwie großartig fand. Auch deshalb hätte er sehr gerne zugesagt – aber er hatte keinen einzigen freien Termin mehr. Der gesamte Dezember war, wie auch die letzten Jahre, für eine Deutschland-Tournee mit befreundeten Musikerkollegen reserviert. Also schrieb er das den Gefangenen, zwar mit großem Bedauern, aber leider sei nichts zu ändern. Bis zum 23.12. hätte er jeden Tag ein Konzert.

Ein paar Tage später kam Rückpost – ein Internetzugang für die Insassen im Gefängnis ist aus Sicherheitsgründen bis heute kaum gestattet. Nur in Ausnahmefällen und manchmal als Pilotprojekt – also kam eine Rückantwort bzw. -anfrage per Brief: Ob er denn nicht eventuell und ausnahmsweise am 24. Dezember zu ihnen kommen könnte – auch wenn sie natürlich wüßten, daß diese Frage eigentlich eine Zumutung sei. Und sie würden ja auch viel lieber zu ihm kommen, in irgendein Konzert in der Nähe, aber das sei nun mal für die nächsten paar Jahre für die meisten von ihnen unmöglich, und so viele hätten beste Erinnerungen an sein Konzert vom Vorjahr, ob er denn nicht vielleicht doch ...

Sensibel wie er war, bewegte ihn diese Anfrage, vor allem, weil die Gefangenen schrieben, das es bei ihnen keine Freigänger oder Leute mit Weihnachtsurlaub gäbe, wie es in etlichen anderen Strafanstalten möglich ist. Die Leute in jenem Knast gehörten generell zu einer Sicherheits-Verwahr-Stufe, wo solche Erleichterungen ausgeschlossen waren. Also fragte er per Email bei seinen sonst üblichen musikalisch-instrumentalen Begleitern herum, einige telefonierte er auch an, ob einer sich vorstellen könnte, mit ihm am Heiligabend dieses Konzert zu geben. Ein befreundeter Gitarrist war, als er ihm den Brief der Gefangenen am Telefon vorlas und dann auch noch eingescannt und zugemailt hat, nach einer kurzen Bedenkzeit bereit dazu.

Nach seiner vorweihnachtlichen Advents-Tournee war er dann eigentlich ziemlich erschöpft – es waren immerhin dreiundzwanzig Konzerte in Folge gewesen, den ganzen Dezember hindurch. Müde war er, abgespannt und heiser. Nur ein halber Tag zu Hause, angefüllt mit Wäschewaschen und In-den-Trockner-Stopfen, Post lesen, Anrufbeantworter abhören, die letzten Emails checken – dann stand sein Musikerfreund am späten Vormittag des vierundzwanzigsten Dezember mit Gitarre und Gesangsanlage vor seiner Tür. Nun denn, also los!

An der Gefängnispforte klingeln, Ausweise vorzeigen, Besucherschein unterschreiben, durch das riesige Metalltor in den Hof fahren, ausladen. Währenddessen kam der Pfarrer und begrüßte sie freundlich und freudig. Er hatte zwei Gefangene dabei, die den beiden Musikern beim Tragen halfen. Ein paar Treppen hinauf mit Verstärker, Boxen, Stativen, Instrument; dann durch etliche Flure – immer wieder warten vor massiven Gittern, bis auf- und zugeschlossen war, immer wieder das stählerne Schnappen der riesigen Schlösser, das Klirren der Schlüsselbunde oder das Summen der Schließanlage, je nachdem mit welchem Sicherheitssystem die einzelnen Schließanlagen versehen waren. Jedesmal war es wieder neu deprimierend.

In der Anstaltskirche – ein grauer Bau, ramponiert und riesig hoch – stand ein mickriges Weihnachtsbäumchen herum, mit elektrischen Kerzen und ein paar Strohsternen behängt, die ihn noch erbärmlicher und armseliger aussehen ließen. Sie bauten auf, machten den Soundcheck und die beiden Inhaftierten halfen tatkräftig. Dann hatten der Sänger und sein Musiker eine knappe Stunde Wartezeit bis zum Konzertbeginn. Der Pfarrer lud sie und die beiden Helfer in sein Büro ein, machte Kaffee, hatte sogar einen Teller mit Spekulatius besorgt. Das Programm wurde besprochen und der Pfarrer berichtete aus seiner Arbeit. Die beiden Helfer erzählten, daß eine große Erwartung unter den Kollegen herrschte, und eine Menge Freude, daß er, zusammen mit seinem Musikerfreund, es wirklich wahr gemacht hat und sie zusammen gekommen seien. Und es gäbe eine Überraschung – nein, was für eine Überraschung, wollten sie noch nicht verraten, sonst sei's ja keine Überraschung mehr, aber auf alle Fälle wär's eine größere Sache ... Nun wurde er, der Sänger ziemlich neugierig, der Gitarrist begann, Witzchen zu machen: Vielleicht käme die Überraschung nach dem Konzert, daß man die beiden nicht wieder herauslassen würde ... Naja!

Auf einmal Schritte auf dem Gang, Rufe, Schlüsselklirren: „Jetzt lassen die Beamten die Jungs in die Kirche", sagte der Pfarrer, „warten wir noch einen Moment, es dauert immer ein bißchen, bis die vom anderen Haus hier sind!" Der Musiker stimmte nochmal seine Gitarre, der Sänger räusperte sich und sang sich die Kehle frei, dann verschwand der Pfarrer für einen Moment. „Der macht's aber heute geheimnisvoll", murmelte der Gitarrist – eine Minute später war der Pfarrer wieder da, grinste breit und sagte: „So, nun können wir gehen!"

Er ging voraus, zwei Türen – sein Büro war direkt neben der Kirche –, dann standen die beiden Musiker in der Kirche, starr vor Staunen, schauten um sich herum, hörten vor Verblüffung nicht einmal das Klatschen und Johlen der etwa vierhundert Inhaftierten:

Die gesamte Kirche schwamm regelrecht in Blumen und Kerzen – Blumen auf den Altartreppen, Blumen auf den Bankseiten, gefüllte Vasen im Mittelgang, Blumen neben den Boxen – und überall dazwischen Konservendosen, mit Wachs oder Stearin gefüllt, hell brennend. Wachs ist in allen Gefängnissen der Welt hochbegehrt, weil man mit selbstgebastelten Kerzen, Brotresten und abgezweigtem Zucker verbotenerweise, aber eifrig Alkohol, Fusel herstellen kann. Wenn also die Gefangenen hier für dieses Konzert so viele Kerzen hergestellt und angesteckt hatten, dann war das wirklich eine ganz, ganz große Sache, dann verzichteten sie auf eine Menge an selbstgebranntem Schnaps.

Einer der Gefangenen aus der ersten Reihe stand auf und schrie über den Begrüßungslärm hinweg: „Eih, Ruhe im Bau!" und sagte dann, an die beiden Musiker gewandt, die immer noch starr vor Erstaunen rumstanden: „Also, wo ihr das letzte Mal hier ward, da hast du, Andy, gesagt, daß du Blumen magst. Und du weißt ja, paar von uns arbeiten hier inner Anstaltsgärtnerei; und da hat uns der Chef erlaubt, daß wir nach Feierabend bißchen rumgärtnern, um in den letzten drei Monaten diese Blumen hier für euer Konzert zu pflanzen und zum Blühen zu kriegen, auf zwei freien Beeten im Gewächshaus. Die sind alle hier aus der Anstalt, und wir hoffen, daß es euch 'ne Freude macht!"

Er, Andy hatte einen Riesenkloß in der Kehle, während sie nach vorne zur Bühne und zu ihren Mikrofonen gingen; rumgärtnern nach Feierabend hatte der Sprecher der Gefangenen gesagt – im Gefängnis drücken sich doch viele vor der Arbeit, soweit das nur irgendwie möglich ist, weil die Bezahlung so schlecht ist, daß die Gefangenen oft den Eindruck haben, es lohne sich überhaupt nicht. Wenn ich er sich nun aber die Menge der Blumen betrachtete, Astern, Dahlien, sogar einige Rosen, die auf ihren Barhockern lagen, wenn er das alles sah, dann wußte er, wieviel

Arbeit das gemacht haben muß, um diese ganze Pracht im Dezember zum Blühen zu bringen.

Nun stand er vor seinem Mikrophon, hatte die Rosen von ihren Barhockern in die Hand genommen, damit sein Mitmusiker sich setzen und die Gitarre auf den Schoß nehmen konnte und wollte etwas sagen, um seine Gefühle zum Ausdruck zu bringen. Er wollte in die Gesichter der Männer hineinschauen, die ihn erwartungsvoll anschauten, diese jungen und alten Gesichter, die vernarbten, harten, weichen, tätowierten Gesichter, wollte ihnen erklären, wie wunderbar und wie unerwartet das alles für ihn sei – aber er bekam kein Wort raus: Lachen und Weinen saßen ihm gleichzeitig in der Stimme. Soviel hatte er zu sagen, daß er gar nichts sagen konnte. Da rettete der Gitarrist die Situation: Ohne einen Blick auf ihr sorgfältig überlegtes Programm zu werfen, schaute er auf die Rosen in der Hand seines Sangeskumpel, griff einen sanften Akkord und zupfte die Einleitungstöne eines großen alten Weihnachtsliedes. Er, Andy, schloß die Augen und begann zu singen. Spürte diese Gefängnisrosen in seiner Hand, spürte die Wärme der Sträflinge, spürte die Harmonie der Gitarre und sang dieses Lied, wie er noch selten in seinem Leben ein Lied gesungen hatte. Bei der zweiten Strophe begannen einige mitzusummen, immer mehr, dann erinnerten sich einzelne an den Text, fielen mit ihren rauhen Stimmen ein, sangen, als wären sie zurückversetzt in ihre Kindheit, vor all den Entgleisungen ihres Lebens, vor Straftaten und Gefängnis. Seitdem ist ihm dieses Lied ein besonderes, ein sehr geliebtes und heiliges:

„Es ist ein Ros entsprungen aus einer Wurzel zart; wie uns die Alten sungen, von Jesse kam die Art: Und hat ein Blümlein bracht, mitten im kalten Winter, wohl zu der halben Nacht."

Foto & Bearbeitung: Thomas Klappstein

MORGENS IM CAFÉ

Guten Morgen Herr Wirt. Einen großen Pott heißen Kaffee bitte, wenig Milch und keinen Zucker. Ich muss mich erst einmal aufwärmen. War kalt heute Nacht.

Wie bitte? Ne, ne, ich bin nicht gereist. Ich wohne hier schon lange. Aber da ich ständig in der Nachtschicht arbeite, bekommt man mich tagsüber kaum zu Gesicht. Normalerweise gehe ich auch gleich nach Schichtende schlafen. Aber heute bin ich einfach zu aufgedreht, da muss ich erstmal unter Menschen. Schön, dass Sie Ihr Café schon so früh geöffnet haben.

Ah, der Kaffee ist fertig. Mmh, duftet gut – und schmeckt! Schön stark – genau das Richtige!

Wissen Sie, heute Nacht ist da echt ein Knaller passiert. Tut mir leid, wenn ich Sie mit meinem Redeschwall jetzt einfach so überfalle. Aber was da passiert ist, das kann ich wirklich nicht für mich behalten. Sie werden sich bestimmt wundern über das, was ich Ihnen zu erzählen habe. Aber es ist hundertprozentig passiert.

Ich habe das jetzt schon einigen Leuten erzählt, die mir auf dem Weg hierher begegnet sind. Einige haben bestimmt gedacht, ich hätte die Nacht in einer Kneipe durchgemacht und Halluzinationen gehabt. Aber dem ist nicht so.

Wissen Sie, ich arbeite als Hirte im judäischen Hirtenverband. Eigentlich nur in der Nachtschicht, wie ich ja schon sagte. Mit den Nachttarifen kommt man dabei doch auf ein wesentlich höheres Einkommen. Na ja, und so war ich natürlich auch letzte Nacht unterwegs. Mit drei Kollegen übernahmen wir gestern eine Herde bei den Hürden. Sie wissen doch, das Feld kurz vor den Toren der Stadt. Eigentlich sollte ich zusammen mit einer anderen Crew eine Herde in den Bergen bewachen, aber dann hat der Chef mich doch noch kurzfristig zur Hürdenschicht eingeteilt. Da war einer krank geworden. Auf jeden Fall hatte ich so ein einmaliges Erlebnis.

Wie bitte? Ach so, ja klar, Sie dürfen mir gerne noch Kaffee nachschenken ... wo war ich stehengeblieben? Richtig, beim einmaligen Erlebnis. Ich saß mit meinen Kollegen um unser wärmendes Feuer, das wir nachts gerne entzünden, wenn wir unsere Runden gedreht haben. Die Herde war ruhig, die meisten Tiere schliefen, und auch wir dösten so vor uns hin. Es war mitten in der Nacht, um die Zeit, wenn man seinen Tiefpunkt hat und damit kämpft, nicht einzuschlafen.

Auf einmal ist da ein klares helles Licht. Zuerst dachte ich, ich träume. Aber als ich hochschaute sah ich, dass auch meine Kollegen ganz verschreckt und irritiert in die Runde blickten.

Wie bitte? Nein, nein, das war kein Nordlicht oder irgendeine Himmelserscheinung. Das Licht war ja nur um uns herum. Der Himmel war ganz normal dunkel und mit Sternen übersät. Um uns herum war das Licht. Und auf einmal zerreißt eine Stimme unsere gespannte Stille: FÜRCHTET EUCH NICHT! Wir zuckten zusammen, und dann ertönte noch einmal diese Stimme: FÜRCHTET EUCH NICHT!

Als ich dann in die Richtung schaute aus der die Stimme kam, sehe ich tatsächlich jemanden dort stehen. Groß und kräftig. Das Licht schien von ihm auszugehen. Wir kamen uns richtig erbärmlich vor in seiner Gegenwart. Warum, kann ich eigentlich auch nicht genau sagen. Irgendwie war mir auf einmal meine ganze Unzulänglichkeit bewusst. Vielleicht lag es daran, dass es sich bei der Lichtgestalt, wie sich sehr schnell herausstellte, um einen Boten Gottes, also um einen Engel, handelte.

Wie bitte ? Nein, wirklich Herr Wirt, das war echt einer. Ich sagte ja, dass sie sich sehr über das wundern werden, was ich ihnen erzähle ...

Also, da stand wirklich ein Engel. Die hatte ich mir in meiner Fantasie zwar immer etwas anders vorgestellt, aber dieser war absolut echt. Ich hatte immer so kleine, süße, pausbäckige und blondgelockte knabenähnliches Wesen vor Augen. Aber dieser war eher son Schimansky-Typ, nicht so schmuddelig, aber so von der Statur her. Eine echte Kante. Schon ein bisschen zum Fürchten. Eigentlich sogar ein bisschen mehr zum Fürchten.

Und so ein Engel kam ausgerechnet zu uns Hirten. Auf einmal hob er wieder an, etwas zu sagen. Und dann erklang noch einmal dieses „FÜRCHTET EUCH NICHT!"

Wie gesagt, nicht so ganz einfach, sich nicht zu fürchten, wenn man ihm das erste Mal begegnet.

Aber diesmal sprach er weiter: „Siehe, ich verkündige Euch große Freude, die allem Volk widerfahren wird."

Wir, also meine Kollegen und ich, stießen uns gegenseitig an. Sprechen konnten wir nicht. Dafür war der erste Schreck zu groß. Aber jeder wusste, was der andere sagen wollte: Mensch, der hat eine Botschaft für uns. Und als Engel, als Bote Gottes, muss das eine Botschaft von diesem Gott sein. Der will uns etwas mitteilen. Uns ganz normalen Leuten. Keinem König oder Propheten. Denen wohl auch. Aber in diesem Fall waren wir ganz persönlich gemeint. Sicherlich galt die Botschaft nicht nur uns. Sonst hätte der Engel ja nicht gesagt, dass die Freude allem Volk widerfahren wird. Aber zunächst mal meinte er uns persönlich. Ehrlich, er sagte wortwörtlich: „Siehe ich verkündige EUCH große Freude." Und dann kam das eigenlich Sensationelle: „Denn Euch ist heute der Heiland geboren, welcher ist Christus, der Herr, in der Stadt Davids."

Haben Sie das verstanden? Der Christus, von dem in den Synagogenvorlesungen bei uns so oft die Rede ist, von dem Gott so oft in den Jesaja-Schriftrollen berichten lässt und die in den Synagogen gelesen werden, der war geboren. Und dann noch in der Stadt Davids, in Bethlehem, in unserer Stadt also. Hier! Letzte Nacht!

Was? Wieso soll ich mich beruhigen? Gott hat endlich sein Versprechen wahrgemacht. Er hat uns seinen Sohn gesandt. Den Messias, den Retter der Welt. Mann, hier beginnt ́ne neue Zeitrechnung. Ich will mich gar nicht beruhigen. Aber ja, ja, okay, ich kann auch etwas leiser sprechen.

Toll war auf jeden Fall, das uns der Engel noch eine genaue Beschreibung gab, wo wir diesen Christus finden sollten. Natürlich wollten wir sofort losmarschieren und nachsehen. Aber vorher mussten wir uns noch ein Konzert anhören. Auf einmal war der Engel nicht mehr alleine. Neben ihm stand plötzlich eine Riesenmenge von diesen Himmelswesen. Ich weiß, dass das unglaublich klingt. Aber auch, wenn ich mich jetzt hier wiederhole, ich sagte Ihnen ja von vornherein, dass Sie sich wahrscheinlich sehr wundern werden über das, was ich Ihnen berichte. Also, da stand wirklich eine Riesenmenge. So eine Art Gospelchor. Man müsste wohl eher sagen Himmelschor. In einer Art Sprechgesang, fast rapmäßig, lobten sie Gott mit den Worten: „Ehre sei Gott in der Höhe und Friede auf Erden den Menschen seines Wohlgefallens."

Als sie fertig waren verschwanden sie genauso plötzlich, wie sie gekommen waren. Und es wurde auf einmal wieder dunkel und still um uns herum. Aber in mir, da war es taghell. Ich glaube, so wach war ich noch nie in meinem Leben. Meinen Kollegen ging es genauso. Zuerst redeten wir ganz aufgeregt durcheinander. Bis dann unser Schichtleiter vorschlug, nach Bethlehem in die Stadt zu gehen und nachzusehen, ob das wirklich passiert ist, was Gott uns durch die Engel hatte mitteilen lassen. Die Tiere würden schon eine Weile ohne uns auskommen. Außerdem gab es ja noch die Hunde, die beim Aufpassen halfen.

So sind wir losmarschiert. Wir brauchten gar nicht lange zu suchen. Schon nach kurzer Zeit hörten wir Babygeschrei. Und in dem Stall einer Herberge, hier ganz in der Nähe, lag das Kind in Windeln gewickelt, in einer Krippe.

Genauso, wie der Engel es gesagt hatte. Maria, die Mutter, und Josef, ihr Mann, saßen daneben auf einem Strohballen, völlig erschöpft, aber glücklich. Maria lag allerdings mehr, als das sie saß. Na ja, wie das halt so ist nach einer Geburt.

Da lag nun dieser Christus genau vor uns. Hier, mitten in Bethlehem. Ich musste an die Worte denken, die in der Schriftrolle des Propheten Micha stehen, und die ja auch manchmal in der Synagoge gelesen werden: „Aus Bethlehem soll kommen, der in Israel Herr sei, dessen Ausgang von Anfang und von Ewigkeit her gewesen ist."

Und ich wusste genau, der ist für mich geboren. Für mich normalen Menschen. Ganz persönlich. Genau erklären kann ich das gar nicht. Und ob ich es jemals bis ins Detail kapieren werde, weiß ich auch noch nicht. Aber wenn dieser Christus schon jetzt als kleines Baby mein Leben anfängt, auf den Kopf zu stellen, dann bin ich gespannt darauf, was er in meinem Leben bewerkstelligt, wenn er erst einmal erwachsen ist. Das mich eine Begegnung so verändern kann, hätte ich bisher nicht für möglich gehalten. Aber es ist tatsächlich passiert.

Wie bitte? Ne, ne, nein danke, Herr Wirt, jetzt möchte ich keinen Kaffee mehr. Ich will jetzt nach Hause. Meiner Familie von meinen Erlebnissen erzählen. Ihnen kann ich nur einen Tipp geben. Schließen Sie Ihren Laden kurz zu und schauen Sie sich diesen Christus an. Nehmen sie sich Zeit für diese Begegnung. Er ist gar nicht weit weg von Ihnen. Ganz in Ihrer Nähe.

Der Bericht von Jesu Geburt aus der Sicht eines beteiligten Hirten, frei nach Lukas 2,8-20 (Neues Testament / Die Bibel)

U79 — DIE WEIHNACHTSWUNDERLINIE

Bodo liebte dieses Ritual. Am frühen Nachmittag des Heiligen Abend in Duisburg an der Station Grunewald in die U 79 zu steigen und bis zum Klemensplatz nach Düsseldorf-Kaiserswerth zu fahren. Dort auszusteigen, durch die Gassen des alten Kaiserswerth und schließlich über den Deich zum Restaurant „Alte Rheinfähre" zu spazieren. Dort, kurz bevor das Lokal zum Weihnachtsabend schließt, noch einen Kaffee und ein Stück hausgemachter „Lübecker Marzipantorte" zu genießen, die hier besonders gut war und ihn an seine Heimatregion erinnerte. Als einer der letzten Gäste durch das Panoramafenster im Wintergarten den Blick auf den vorbeifließenden „Vater Rhein" zu genießen und am anderen Ufer die sich langsam senkende Wintersonne zu beobachten. Und wenn die echte Rheinfähre sich nicht schon vor zwei Tagen in die Winterpause verabschiedet hätte, wäre er mit ihr auch noch ans andere Ufer und wieder zurück gefahren.

Jetzt verabschiedete er sich von der „Weihnachtskellnerin", wie er sie nannte, die in den vergangenen Jahren immer die Heiligabendschicht im Restaurant übernommen hatte. Gab ein großzügiges Feiertagstrinkgeld und machte sich auf den Rückweg zur U 79-Station Klemensplatz.

Diese U 79, die einzige direkte Linie zwischen Duisburg und Düsseldorf, glich eher einer Straßenbahn-Linie als einer U-Bahn. Nur die letz- ten Stationen in Duisburg und einige Zwischenstationen in Düsseldorf verliefen unterirdisch. Zwischen der wenig besiedelten Grenze der beiden Großstädte verlief die Strecke kilometerweit über freies Feld.

Sein Rückweg führte Bodo direkt am Rhein entlang. Vorbei an der Galerie Burghof, dem Kultbiergarten und der Ruine der alten Kaiserpfalz. Die Wintersonne senkte sich immer mehr, und so langsam bekamen der Himmel und die wenigen Wolken einen leichten Rotstich. Durch das Fluttor in der Stadtmauer betrat er schließlich die Altstadt von Kaiserswerth. Er mochte diese früher eigenständige Stadt mit ihrer Historie. Besonders zu dieser Zeit des Jahres. Viel los war jetzt nicht mehr. Die Geschäfte und Lokale hatten bereits geschlossen. Die Weihnachtsbeleuchtung in den Bäumen auf dem alten Marktplatz, der die Straße der Altstadt in den links und rechts fließenden Verkehr teilte, ließ ihn an Joseph von Eichendorffs Weihnachtsgedichtsklassiker denken. Auch die Schaufensterdekorationen, insbesondere die der Traditionsbuchhandlung Max Apel sowie die des vor ein paar Jahren neu eröffneten Buchladens „Lesezeit". Eine alte Dame im Pelz und mit Ge- schenktaschen in beiden Händen ging an ihm vorbei. Sicherlich auf dem Weg zu ihren Kindern und Enkelkindern. Ein junger Familienvater und eine junge Familienmutter mit ihren kaum zu bändigenden Kleinkindertruppen zogen ihre Run- de. Wahrscheinlich von den Partnern aus dem Haus geschickt, um letzte liebevolle

Vorbereitungen für die Bescherung zu treffen. Auch eine kleine Gruppe Teenager, offensichtlich in der Pubertät und mit wenig Bock auf ein klassisches Familien- weihnachtsfest, kam ihm entgegen. Sie verließen die Altstadt durchs Fluttor und bogen Richtung Kaiserpfalz-Ruine ab. Wahrscheinlich unterwegs zu ihrer alternativen Weihnachtsfeier, dachte Bodo bei sich.

Nun vorbei am Klemensplatz, wo die Buden des kleinen, aber feinen Weihnachtsmarktes noch aufgebaut waren, zur unmittelbar anschließenden Haltestelle. In fünf Minuten würde die nächste Bahn der U 79 Richtung Duisburg-Meiderich kommen. Der Kult-Imbiss mit der legendären „Berliner Currywurst", direkt an der Haltestelle, schloss gerade seine Luke. Drei Kunden verspeisten am Tresen die Reste ihrer Currywurst-Pommes mit Schranke. Macht ja schon Appetit, dachte Bodo, aber am Abend erwarteten ihn ja noch zahlrei-che kulinarische Genüsse im Familienkreis.

Die „blaue Stunde" machte sich nun bemerkbar. Der Zeitraum an den Wintertagen, wo es nicht mehr richtig hell, aber auch noch nicht richtig dunkel ist. Jetzt freute sich Bodo auf die Rückfahrt. War gespannt, welche Fahrgäste ihn in diesem Jahr am Heiligen Abend auf seiner „Traditionsfahrt" begleiten würden.

Wie gesagt, Bodo liebte dieses Ritual. Er zelebrierte es, seitdem es ihn aus seiner norddeutschen Heimatregion, dem Großraum Hamburg, aus beruflichen – oder besser: aus Berufungsgründen – ins Ruhrgebiet verschlagen hatte. Zunächst nach Marl, am nördlichen Ruhrgebietsrand, und dann nach Duisburg, an der Grenze zum Niederrhein.

Seine Kinder waren hier geboren und aufgewachsen. Die Tochter in Marl, der Sohn in Duisburg.

Bodo war Pastor einer freikirchlich-evangelischen Gemeinde. In Absprache mit der Gemeindeleitung und den Gemeindemitgliedern hatten sie gleich nach seinem Dienstantritt entschieden, an den Weihnachtstagen nur einen zentralen Gottesdienst anzubieten. Am Heiligen Abend. Und diesen zeitlich auch deutlich später gelegt, als es ansonsten üblich war. Dafür mit besonders viel Liebe geplant und vorbereitet. Schließlich wurde ja der Geburtstag von Jesus gefeiert, Gottes Sohn – die Ankunft des Schöpfergottes in menschlicher Gestalt in seiner eigenen Schöpfung. Manchmal war das für Bodo immer noch unbegreiflich.

Dass der Gottesdienst wirklich etwas Besonderes war, hatte sich herumgesprochen in Duisburgs Mitte und im Duisburger Süden. Jedes Jahr wurde er daher von mehr Menschen besucht. Viele mussten inzwischen stehen.

Bodo wollte entspannt in diesen Gottesdienst gehen. Außerdem das Ritual seiner Tour mit einer jedes Jahr sich anders entwickelnden Atmosphäre genießen. Deshalb mussten die Vorbereitungen für den Gottesdienst auch spätestens zur Generalprobe am 22. Dezember abgeschlossen sein. Das hatte auch diesmal geklappt.

Die Bahn lief ein. Bodo hatte das Manuskript seiner Predigt dabei – die natürlich auch schon bis zur Generalprobe hatte fertig sein müssen – und würde auf der Rückfahrt noch mal drüber schauen. Manchmal bekam er dann noch eine letzte Inspiration, die er spontan einfügen konnte. Kam immer ganz auf die Konstellation der Fahrgäste an. Bodo beobachtete gerne die Leute, die am

24.Dezember, so kurz vor dem „Heiligen Abend", noch unterwegs waren. Sinnierte darüber, was ihr Ziel an und für diesen Abend war. Oder ob sie nicht sogar auf der Flucht waren vor diesem „Fest der Feste" und seinen emotionalen Besonderheiten.

Das junge Liebespaar, das schon auf dem Bahnsteig eng aneinandergekuschelt stand und sich wohl auf das erste gemeinsame Fest freute, stieg mit ihm in den Waggon. Suchte sich eine freie Sitzbank und kuschelte auch im Sitzen weiter. Voll war es nicht. Die meisten Menschen in diesen Breitengraden waren zu dieser Uhrzeit bereits zu Hause versammelt oder saßen schon in einer der Christmetten, die z. T. schon am frühen Nachmittag gefeiert wurden.

Aber der Typ da drei Reihen vor ihm, mit brauner, leicht abgewetzter Cordhose, grünem, ausgeblichenem Parka und grauer Strickpudelmütze auf dem Kopf mit dem wenigen Haar war ihm schon auf der Hinfahrt aufgefallen. Auch wegen seines kleinen Pudels, den er meist auf seinem Schoß hatte und interessanterweise „Erdmute" nannte, ein uralter Name, der heute nicht mehr geläufig war. Wohl tatsächlich ein „Weihnachtsflüchtling", der den Heiligen Abend damit verbringen wollte, von einer Endstation zur anderen zu fahren, dachte Bodo bei sich. Anders als die drei Männer, die offensichtlich keine deutschen Wurzeln hatten und sich in einer Reihe mit gegenüberliegenden Zweierbänken angeregt und entspannt unterhielten. Vielleicht wirkliche Flüchtlinge, überlegte Bodo. Die Klamotten, durchaus sauber und passend zusammen gestellt, aber modisch nicht up to date, könnten aus der Kleiderkammer einer Flüchtlingsunterkunft stammen. Dass sie sich untereinander in Englisch unterhielten, mit ein paar deutschen Sprachkursbrocken, wies darauf hin, dass sie nicht aus derselben Region stammten. Zwei ließen eine Herkunft aus dem arabischen Raum vermuten – Syrien oder Irak? –, bei dem anderen deutete äußerlich vieles auf Afrika hin. Die „Heiligen Drei Könige", schoss es Bodo in den Kopf, und er schämte sich ein wenig, dass ihm gleich dieses Klischeebild der Weisen aus dem Morgenland, wie sie ja eigentlich in der biblischen Weihnachtsgeschichte bezeichnet werden, in den Kopf kam.

Auf dem Einzelplatz nahe der hinteren Ausgangstür saß ein älterer Herr im feinen Lodenmantel, Bügelfaltenhose und schicken Lederhandschuhen. Vor sich einen großen Leinenbeutel, gefüllt mit stilvoll verpackten Geschenken. Wohl auf dem Weg zur Familie eines seiner Kinder. Oder von Freunden?

Auf den geräumigen Einzelplatz für Schwerbehinderte hatte sich eine Teenagerin gefläzt und es sich gemütlich gemacht. Vielleicht 15, 16, 17 Jahre alt. Schwarz gefärbte Haare, anscheinend zur Feier des Festes mit grünen und roten Strähnen dekoriert, Lippen und Nasenpiercing. Unter den Augen mit schwarzem Kajalstift geschminkt. Was ihr wohl ein Respekt einflößendes Aussehen vermitteln sollte. Schwarze, nietenbesetzte Lederjacke über schwarzen Klamotten und Schot- tenkarorock. War ständig mit ihrem Smartphone beschäftigt. Manchmal meinte Bodo, ein gemurmeltes „Scheiße, Scheiße, Scheiße" zu hören.

Im vorderen Teil erblickte Bodo eine Gruppe Berufsjugendlicher. Gestandene Männer – alle in ihren 40er und 50er Jahren – in betont lässiger Kleidung und mit viel Pomade gestylten Frisuren. Sie hatten Musikinstrumente dabei: Gitarre, Cajon und etwas, das wie ein „Besenstilbass" aussah. Vielleicht ja die „Toten Hosen" auf dem Weg zu einem ihrer berühmt-berüchtigten Wohnzimmerkonzerte für eine Palette Dosenbier? Trotz ihrer Bekanntheit gaben sie ja immer wieder mal solche Konzerte. Vielleicht sollte ich sie auch mal einladen, dachte Bodo amüsiert bei sich. Aber Weihnachten wären sie dann ja als „Rote Rosen" unterwegs, überlegte er weiter, und unplugged spielten die bestimmt nicht.

Hier und da saßen vereinzelt noch ein paar weitere Personen. Aber alle schön weit auseinander, mit ihren Gedanken beschäftigt.

Und während er die illustre Weihnachtsgesellschaft betrachtete, die sich hier ungeplant zusammen gefunden hatte, war die „blaue Stunde" von der Dunkelheit abgelöst worden. Beim Blick aus dem Fenster der fahrenden U 79 stellte er fest, dass es tatsächlich anfing leicht zu schneien. Wie es der Wetterbericht für diesen Tag angekündigt hatte. Sie befanden sich jetzt auf dem Stückchen „Niemandsland", wie er es gerne nannte, dem freien Feld zwischen den Stadtgrenzen. Der Schnee hatte schon für eine leichte weiße Zuckerung des Bodens gesorgt. Bodo begann jetzt, sich mehr und mehr auf den bevorstehenden Gottesdienst zu fokussieren und ging im Kopf noch mal die Predigt durch, die er nachher halten würde. Er freute sich auf den Gottesdienst ebenso wie auf den Heiligen Abend zu Hause mit seiner Familie.

An der „Bedarfhaltestelle Froschenteich", mitten im Niemandsland, hielt die Bahn tatsächlich, und noch jemand stieg ein. *Wo kommt der denn her?*, dachte Bodo noch bei sich, *sieht ja aus wie 'n Hirte – und ... riecht irgendwie auch so.*

Nur noch wenige Stationen, dann hätte er sein Ziel erreicht. Er zog das Manuskript seiner Predigt aus der Innentasche, um noch einen letzten Blick hineinzuwerfen und sich die Schlüsselaussagen zu vergegenwärtigen.

Auf einmal blieb die Bahn abrupt stehen. Die Fahrgäste wurden ordentlich durchgeschüttelt, einige hatten Mühe, sich auf ihrem Platz zu halten, aber keiner wurde verletzt. Mitten zwischen den Haltestellen „Froschenteich" und „Kesselsberg".

Da standen sie nun auf freiem Feld. *Geht bestimmt gleich weiter*, dachte Bodo bei sich. Sagte das auch zu der Person, die ihm am nächsten saß. Aber es ging nicht gleich weiter. Minute um Minute verstrich, und Bodo wurde so langsam nervös. Immerhin hatte er einen entscheidenden Part zu übernehmen im Gottesdienst. Die DVG, eine der beiden U 79-Betreibergesellschaften, hatte schon lange nicht mehr die neuste Flotte an Bahnfahrzeugen. Das war bekannt. *Aber sie werden ja wohl nicht ausgerechnet an den Weihnachtstagen ihre ältesten Fahrzeuge einsetzen*, hoffte Bodo.

„Liebe Mitfahrgäste, Sie brauchen keine Angst zu haben, aber die Fahrt geht vorerst nicht weiter." Der Typ, der gerade eben an der Bedarfshaltestelle zugestiegen war, war aufgestanden und sprach nun laut und vernehmbar zu den Fahrgästen. Wie sich herausstellte, war er tatsächlich ein Hirte. Schafhirte. „Seit Jahren versuchen wir Hirten, auf unsere Arbeitsbedingungen und sehr begrenzten Verdienstmöglichkeiten aufmerksam zu machen. Aber da wir bisher weder in der Öffentlichkeit noch in den politischen

Gremien Gehör fanden, haben drei meiner Kollegen und ich beschlossen, unsere Schafherden zusammen zu treiben und diese Strecke am heutigen Abend zu blockieren. Mit einer durch eine Schafherde blockierten U-Bahn-Strecke am Heiligen Abend haben wir zumindest die Möglichkeit, in die Berichterstattung der Medien zu kommen und für unser Anliegen eine Öffentlichkeit zu schaffen. Es tut mir leid, dass Ihr Heiligabend dieses Jahr ein wenig anders verlaufen wird, aber wir sahen keine andere Möglichkeit. Sie sind auch nicht die einzigen, die es betrifft. Zeitgleich laufen solche Aktionen in mehreren Städten in Deutschland. Die Redaktionen von Zeitung, Rundfunk und Fernsehen wurden vor wenigen Minuten informiert. Und jetzt warten wir mal, was passiert. Frohe Weihnachten trotzdem."

Und richtig, als er aus dem Fenster sah, entdeckte Bodo jede Menge Schafe, die den Waggon regelrecht umzingelt hatten. An eine Weiterfahrt war absolut nicht zu denken. *Na super,* dachte Bodo, *das war's dann wohl. Den Gottesdienst kann ich mir von der Backe putzen. Hier draußen, auf dem Felde bei den Hürden, wo des Nachts die Hirten ihre Schafe hüten. Vielleicht kommt ja gleich auch noch ein Engel vorbei ...,* ließ er seinem aufkommenden Sarkasmus freien Lauf. Der hatte ihm schon oft geholfen, schräge Situationen unbeschadet zu überstehen.

Leichte Unruhe machte sich im Waggon breit, aber Panik kam nicht auf. Ändern können wir es eh nicht, dachten wohl die meisten. Die Atmosphäre blieb auffallend gelassen. *Ist das etwa der Weihnachtsfriede?,* überlegte Bodo.

Die „Berufsjugendlichen" erhoben sich auf einmal von ihren Plätzen, schnappten ihre Instrumente und intonierten mit verschmitzten Gesichtern „O Du Fröhliche". Etwas anders, als die meisten es kannten, deutlich schneller und mit unüberhörbaren Punkrock-Anklängen. *Hören sich ja tatsächlich an wie die Toten Hosen,* dacht Bodo, wippte seinen Fuß im Takt und summte erst leise, dann deutlich vernehmbar mit.

„Einen schönen guten Abend!" Nachdem der erste Song verklungen war, meldete sich der Sänger zu Wort: „Mein Name ist Campino, das hier ist Breiti, und von den anderen habt ihr vielleicht auch schon mal gehört. Heute wollten wir als ‚Rote Rosen' zum ersten Mal ein ‚Wir warten auf's Christkind-Unplugged-Wohnzimmer-Konzert' spielen. Im HÜBI in Ruhrort, dieser Kult-Kneipe an der Hafenmündung. Die HAFEN-JAM-Session-Gang von da liegt uns damit schon seit Jahren in den Ohren. Haben extra die U-Bahn genommen, damit wir auch was trinken können. Wird wohl heute nix. Oder zumindest später. Aber hier Trübsal blasen, ist ja auch doof. Da können wir hier auch gemeinsam singenderweise auf's Christkind warten – so wie früher, bei der Fernsehsendung im Ersten. Ist ja alles versammelt: Die Hirten auf dem Felde bei den Hürden, die des Nachts ihre Schafe hüten. Und die Heiligen Drei Könige sind auch da", bemerkte Campino breit grinsend mit einem Kopfnicken in Richtung der drei vermeintlichen Flüchtlinge. „Fehlt tatsächlich nur noch das Christkind", fuhr er lachend fort, „wie heißt es noch? Jesus, oder?!? Wundert mich ein bisschen, dass es hier noch keinen Krawall gab. Scheint Weihnachten ja doch so'n kleines Wunderfest zu sein."

Das ist ja irre, dachte Bodo bei sich, *die hören sich nicht nur so an, das sind die Toten Hosen!* Und dann erwiderte er dem Sänger, und wunderte sich dabei selbst über die Worte aus seinem Mund: „Jesus bin ich zwar nicht, beschäftige mich aber von Berufswegen mit ihm. Als Pastor wollte ich eigentlich gleich im Weihnachtsgottesdienst meiner Gemeinde darüber predigen, was für Auswirkungen die Menschwerdung Gottes so haben kann. Den Gottesdienst werde ich wohl genauso wenig rechtzeitig erreichen wie Ihr euren Gig im HÜBI. Aber warum machen wir nicht beides zusammen? Feiern hier so 'ne Arte Retro-Weihnachten. Ihr sorgt für die Musik, seid quasi der Engelschor, und ich erzähl ein bisschen was aus meiner Predigt." „Hatten wir noch nie", meinte Campino, „machen wir."

Auch den anderen Fahrgästen schien die Idee zu gefallen, und sie rückten schon mal näher zusammen.

„Da fehlt aber noch der Stall", meldete sich die Teenagerin vom Behindertensitzplatz.

„Ohne Stall kein Weihnachten." Das sahen die anderen Fahrgäste zwar anders, aber Bodo ging auf ihren Einwand ein: „Mit einem klassischen Stall kann ich zwar nicht dienen, aber nur ein paar Minuten entfernt von hier befindet sich die Hubertuskapelle, gleich neben einem Reitverein. Da können wir alle hingehen, wenn ihr mögt. Die ist meistens geöffnet. Zumindest weiß ich, wo der Schlüssel liegt. Die vielen Schafe hier sind eh sehr laut. Dort hätten wir ein bisschen mehr Ruhe."

Die Idee gefiel. Da die Schneewolken draußen weiter gezogen waren und nun wieder sternklare Nacht herrschte, konnte man auch trocken dorthin gelangen. Bodo rief mit seinem Handy noch Uli an, einen der Gemeindeältesten, schilderte die Lage und informierte ihn, dass er es heute wohl nicht zum Gottesdienst schaffen würde. Uli erklärte sich spontan bereit, anstatt der Predigt einige Impulsgedanken weiterzugeben. Würde es halt eine kurze Predigt werden. Bodo freute sich einmal mehr über seine fähigen Mitarbeiter und dass sie ihn in dieser Situation nicht hängen ließen. Die Toten Hosen informierten noch das HÜBI, dass es wohl deutlich später werden würde. Der Schaffner der U 79 öffnete die Türen, und tatsächlich traten alle Fahrgäste ins Freie und ließen sich von Bodo zur Kapelle führen. Selbst die Hirten gingen mit. Sollten die Journalisten doch zur Kapelle kommen.

In der Kapelle fanden sich noch genug Kerzen, die angezündet ein schönes, stimmungsvolles Licht warfen. Die Roten Rosen intonierten einige Weihnachtsklassiker auf ihre spezielle Art, und irgendwie schafften es alle mit einzustimmen. Dann begann Bodo seine Predigt:

„Ich möchte Ihnen und Euch meinen Lieblings-Weihnachts-Comic vorstellen. Ein Comic-Strip von HÄGÄR dem Schrecklichen, diesem unerschrockenen Wikinger, der oft gar nicht so schrecklich ist." Und dann fasste er einen Comic-Strip zusammen, in dem sich Hägars kleiner Sohn in einer sternenklaren Nacht zur Weihnachtszeit mit einem Mönch unterhält. „Ich liebe diese Jahreszeit", sagt er zu dem Geistlichen. „Alle sind so glücklich, freundlich und hilfsbereit. Alles ist so friedlich und harmonisch." Sogar Menschen, die sich sonst „mit dem Hintern nicht angucken", gingen auf einmal sehr freundlich miteinander um. Selbst die Wikinger seines Vaters und die englischen Soldaten – eigentlich ja Erzfeinde. Seine Beobachtungen schließt der kleine Wikinger ab mit einer besonderen Entdeckung, die er dem Mönch aufgeregt mitteilte: „Und sieh doch! Dieser Stern war vorher noch nie da!" Dabei zeigt er auf einen Stern, der besonders hell leuchtet und größer als die anderen zu sein scheint. Der Mönch antwortet nur: „Oh nein, der ist die ganze Zeit da! Aber die meisten Menschen können ihn nur zu Weihnachten sehen!"

„Der Stern ist die ganze Zeit da! Aber die meisten Menschen können ihn nur zu Weihnachten sehen!", griff Bodo die letzte Aussage auf. „Wann fangen wir an, das ganze Jahr auf ihn zu achten? Da könnte sich einiges zum Positiven verändern und wir würden so einen schrägen Abend, wie wir ihn heute haben, öfter erleben. An dem Menschen miteinander harmonieren, die sich sonst aus dem Wege gehen, kaum beachten oder sogar das Leben schwer machen. Jesus, das Friedenskind, macht's möglich. Vielleicht einfach mal auf seine Vorschläge zum Leben achten. Öfter mal mit ihm kommunizieren. Soll Wunder wirken. Weihnachtswunder!" Und damit beendete Bodo auch schon die Predigt.

Nicht nur die Toten Hosen schienen ergriffen, als sie anschließend den Weihnachtshit schlechthin anstimmten: Stille Nacht. Ganz klassisch, ohne eigene Interpretation. Campino begann a capella, und die U-79-Gemeinde stimmte ein. Ganz sachte schlich sich die Band dazu.

Und als sie wieder ins Freie traten, war da auf einmal eine relativ große Menschenmenge. Ein Teil von Bodos Gemeindemitgliedern hatte spontan beschlossen, nach dem Heiligabend-Gottesdienst nur kurz zu Hause aufzuschlagen, das Weihnachtsmenü einzupacken, das bei den meisten ohnehin nur aus Kartoffelsalat und Würstchen bestand, und dann zu den Gestrandeten draußen vor die Tore der Stadt zu fahren.

Nach draußen auf's Feld bei den Hürden und den Schienensträngen, wo es in dieser Nacht einigen Hirten einfiel, ihre Schafe zu hüten. Medienvertreter waren auch inzwischen eingetroffen, und die Schafhirten gaben eine Pressekonferenz. Und da bereits einige lokale Rundfunksender von dem Ereignis berichtet hatten, kamen auch andere Bürger aus der näheren Umgebung vorbei und hatten ein bisschen Proviant dabei.

Hungrig und durstig musste hier keiner bleiben. Polizei und Rettungskräfte waren ebenfalls in ausreichender Anzahl vorhanden. Und auch als sie merkten, dass es für sie nichts zu tun gab, blieben sie noch ein wenig länger.

Und so gab es eine sehr spontane und ursprüngliche und einmalige Open Air-Weihnachtsparty. Zusammengesetzt aus Menschen aller sozialer Schichten und verschiedenster Generationen und Nationalitäten.

Dass die Strecke inzwischen geräumt und wieder befahrbar war, interessierte niemanden. Auch die Roten Rosen ließen noch einige Bahnen der Linie U 79 passieren, bevor sie weiterzogen zum HÜBI und der HAFEN-Jam-Gang nach Ruhrort. Und als Bodo zu seiner Familie, die natürlich auch zum Ort des Geschehens geeilt war, ins Auto steigen wollte, schaute er noch einmal zum Sternenhimmel. Und ein Stern, genau über diesem Stück Erde, schien irgendwie besonders hell zu leuchten. Ob der wohl schon immer da gewesen war?

MÖGLICHE UNMÖGLICHKEITEN

Gabriel, Gabriel – der Name geht mir nicht mehr aus dem Sinn. Nervig! Ob Maria was mit ihm hat? Schon ein bisschen schräg, die Geschichte, die sie mir da aufgetischt hat. Wir wollten doch bald heiraten. Verlobt haben wir uns ja schon vor längerer Zeit, gleich, nachdem uns beiden klar wurde, dass wir zusammen sein, unser Leben gemeinsam verbringen wollen. Maria und Josef – wir waren so ein schönes Paar, wir beiden. Und jetzt das: Schwanger sei sie, sagt sie. Ohne dass sie mit einem anderen Mann zusammen war. Und das soll ich glauben? Wie soll das gehen?

Ob doch dieser Gabriel? Hm, der hat es ihr ja angeblich nur mitgeteilt. Er wäre noch nicht mal ein Mann, sondern ein Engel, meinte sie. Ein Bote Gottes. Obwohl er ausgesehen habe wie ein Mann. So gekleidet, wie das hier in der Gegend halt üblich ist. Woran sie denn gemerkt habe, dass er ein Engel sei, habe ich sie gefragt. An der Art, wie er mich begrüßt hat, gab sie zur Antwort. Erschrocken habe sie sich schon, als er den Raum betreten habe, in dem sie sich befand, aber hauptsächlich über seinen Gruß: »Sei gegrüßt, du Begnadete! Der Herr ist mit dir!«

Nicht gerade die übliche Begrüßungsfloskel gegenüber einer Frau hier bei uns in Nazareth. Dass sie sich erschrocken hat, kann ich gut nachvollziehen – wäre mir selbst ebenso ergangen. Denn mit diesen Worten: „Der Herr ist mit dir!" wird doch das Kommen des Messias eingeleitet. So hat es der Prophet Jesaja geschrieben: »Siehe, eine Jungfrau ist schwanger und wird einen Sohn gebären, den wird sie nennen Immanuel«. Und »Immanuel« bedeutet genau das: »Der Herr ist mit uns.« Das würde ja heißen, dass ausgerechnet Maria den Messias gebären würde.

Es ist noch gar nicht lange her, da wurde diese Passage in der Synagoge aus der Schriftrolle des Jesaja gelesen. Obwohl das nichts Besonderes ist, das wird schon seit Generationen immer wieder zitiert. Aber passiert ist bis jetzt noch nichts. Gott hat sich schon lange nicht mehr bei seinem Volk gemeldet, geschweige denn, seine Zusage eingelöst. Und nun auf einmal? Okay, Maria ist – wenn es stimmt, was sie sagt – Jungfrau, aber trotzdem ... Ich weiß nicht. Für mich ist das echt schwer einzusortieren.

Auch wenn ich eigentlich davon überzeugt bin, dass es diese Boten Gottes, diese Engel geben soll. In den alten Schriftrollen wird ja immer wieder mal von ihnen berichtet. Aber die Ereignisse die dort geschildert werden, sind auch lange her. Und nun soll ausgerechnet Maria die Auserwählte sein, von der schon Jesaja gesprochen hat? Ausgerechnet sie hat eine Begegnung mit so einem Gottesboten, mitten im Alltag und mit lebensentscheidenden Folgen? Kann es so etwas geben? Und warum ausgerechnet bei mir, bei uns beiden? Hätte Gott es nicht auch eine Nummer kleiner, begreifbarer gehabt? Oder sich irgend jemanden anderen aus der Familie aussuchen können? Meinen Cousin z. B., der seit einer Woche verheiratet ist?

Natürlich wollte ich dann wissen, wie das jetzt mit dieser Schwangerschaft geschehen solle, ob sie dafür irgendeine plausible Erklärung habe. Danach habe sie den Engel auch gefragt, sagte sie mir, und als Antwort hätte sie bekommen, dass der Heilige Geist das in ihr bewirken würde. Und das bei Gott nichts unmöglich sei. Daraufhin habe sie dem Engel geantwortet: Ich will für Gott alles geben, ich gehöre ihm, alles was du gesagt hast, soll auch so passieren. Oder so ähnlich.

Große Worte! Mir fällt das nicht so leicht. Diese komische Schwangerschaft und ihr Zustandekommen kann ich nur schwer einsortieren. Schwanger durch die Überschattung, eine leise Berührung des Heiligen Geistes? Nicht, dass ich Gott das nicht zutrauen würde. Sein Geist hat ja schon öfters Unmögliches möglich gemacht. So wie der Rabbi in der Synagoge es manchmal sagt, wenn er aus dem Anfang der Genesis-Schriftrolle vorliest: Gott hat durch seinen Geist und sein Wort alles Leben hier auf dieser Erde geschaffen und auf seinen Weg gebracht. Und sie lesen sich ja auch immer ganz nett, solche Geschichten. Aber wenn man auf einmal selbst Teil davon ist …

Das wirft meine ganze Lebensplanung durcheinander. Und Marias ja auch. Jetzt will sie von mir wissen, wann wir heiraten wollen. Denn ihr Kind solle ja schon in eine Familie hinein geboren werden. Geantwortet habe ich ihr noch nicht! Da kann und will ich momentan eigentlich gar nichts zu sagen. Bei dem Durcheinander, das in mir herrscht. Am liebsten würde ich eigentlich sofort Schluss machen. Engel hin oder her!

Was mich bis jetzt davon abhält, ist etwas, was der angebliche Gottesbote noch über das Kind gesagt hat: »Jesus soll er heißen. Er wird mächtig sein, und man wird ihn Gottes Sohn nennen. Die Königherrschaft Davids wird er weiterführen und die Nachkommen Jakobs für immer regieren. Seine Herrschaft wird kein Ende haben.« Das hat mich zutiefst berührt. Denn dieser Messias, der verheißene Erlöser, der in Ewigkeit Recht und Gerechtigkeit bringt, dieser Messias soll laut Jesaja tatsächlich aus der Familie von David stammen, unserem früheren großen und von Gott gesegnetem König. Soll aus seinem Geschlecht, aus seinem Stammbaum hervorgehen. Und ich gehöre doch dazu. Auch wenn ich Handwerker und Zimmermann bin und kein Prinz oder Königssohn, ist David einer meiner Vorfahren. Und wenn ich, Josef, aus dem Geschlecht David, Maria jetzt heirate, gehört sie zur Familie. Und das Kind, das sie in sich trägt und gebären wird, auch. Dann würde ich gerade nicht nur live erleben, wie Geschichte geschrieben wird, wie etwas passiert, was Einfluss auf viele, viele – wenn nicht gar alle – weiteren Generationen in der Weltgeschichte haben wird, sondern wäre sogar ein Teil davon. Ist Gott tatsächlich wieder richtig aktiv? Kann und soll ich ihn beim Wort nehmen? Diese komische Schwangerschaft und das Zustandekommen kann ich immer noch schwer einsortieren.

Was wird eigentlich sein, frage ich mich, wenn ich Maria nicht heirate? Dann würde ja ihr Kind formal nicht zum Geschlecht Davids gehören, also zu unserer Familie. Ich kann nachts momentan kein Auge zumachen. Ständig kreisen meine Gedanken. Soll ich bei ihr bleiben oder soll ich sie verlassen? Mache ich mich zum Gespött, wenn ich ihr diese Geschichte glaube? Andererseits wird Gott offensichtlich wieder aktiv. Er will scheinbar durch seinen Sohn in dieser Welt ankommen. Auf diese Ankunft haben wir schon so lange gewartet. Kann ich mich da verweigern? Maria scheint da schon weiter zu sein als ich. Wäre vielleicht nicht schlecht, wenn Gott mir auch mal so einen Engel vorbeischickt, der mich aufklärt und anspricht. Und sei es nur im Traum.

Die Ankündigung von Jesu Geburt aus Josephs Sicht, frei nach Lukas 1, 26 – 38 (Neues Testament / Die Bibel)

JOES ERSCHEINUNG – EIN ENGEL IM CHAOS

Bühne: Tisch und Stuhl. Josephs Mutter Martha kommt im Morgenmantel mit Kaffeetasse an diesen Tisch, setzt sich, nimmt einen Schluck aus der Tasse und beginnt Richtung Publikum zu sprechen:

Meine Güte, war das eine Nacht! Jetzt brauche ich erst einmal einen starken Kaffee. Wahrscheinlich auch noch einen zweiten und dritten. Seit ein Uhr habe ich kein Auge zugemacht.

Ich meine, es ist nicht das erste Mal, das ich nachts wach werde. Aber dann schlafe ich immer wieder ein. Nur diesmal ... Ich kann es immer noch nicht glauben, was mir unser Sohn da erzählt hat. Was er mir und meinem Mann, also uns, antut.

Joseph, wir nennen ihn eigentlich Joe, stand auf einmal bei uns im Zimmer.

Nicht, was Sie denken. Der hatte keinen Albtraum oder wollte sich zum Kuscheln zu meinem Mann Simon und mir ins Bett legen. Das hat er schon Jahre nicht mehr gemacht. Ist ja immerhin schon Ende zwanzig, das Bürschchen.

Aber was der mir da aufgetischt hat, das ließ meine Gedanken kreisen und mich kein Auge mehr zu bekommen.

Um ein Uhr also poltert Joe mit seiner Nachtlaterne in unser Schlafzimmer, rüttelt an unserem Bett und ruft:

„Mutter, Vater – hey, Mutter, Vater! Ich muss mit euch reden."

Mein Mann Simon war wohl zuerst wach und stößt mich an:

„Hey, Martha, Joe will irgendwas von dir."

„Nix", sagt der ganz schnell, „ich muss mit euch beiden reden. Über Maria und mich und unsere Hochzeit."

„Toll", sage ich. „Den ganzen Abend sitzen wir zusammen und ausgerechnet jetzt willst du über dieses Thema reden. Was ist so dringend, dass du uns mitten in der Nacht wecken musst? Können wir nicht morgen früh reden?"

„Da war jemand bei mir im Raum, ein Besucher", meint Joe auf einmal.

Sofort war ich hellwach. „Simon, ein Einbrecher, eine Gang", sagte ich. „Wir sind ausgeraubt worden. Meine Juwelen. Joe, haben sie dir etwas getan, dich geschlagen?"

„Mam", sagte er, „lass mich ausreden."

„Ok", sagte ich, „ich bin ruhig, erzähl mir von deinem Besucher."

„Hm, es war ein Engel." Pause. „Ein Engel des Herrn."

„Hatte ich doch richtig gerochen", sagte ich, „der Lammbraten heute Abend roch nicht so wie sonst."

Und Simon fragte: „Joe, wovon redest du?"

Und Joe wiederholte: „Vater, ein Engel des Herrn hat mich in meinem Raum besucht. Gerade eben."

„Woher wusstest du, dass es ein Engel ist?", erkundigte ich mich, „hatte er Flügel?"

„Flügel, ach Mutter, das hat man einfach gespürt", sagte Joe, „seine Aura füllte den ganzen Raum. Er schien mir auf einmal so besonders. Irgendwie geheimnisvoll."

„Deine Chaosbude?", entfuhr es mir spontan. Fand Joe aber gar nicht so witzig.

„Ja, meine Bude", sagte er, „und der Engel sprach über Maria und mich und das Kind, das sie gebären wird."

„Wozu diese Eile?", fragte ich, „ihr seid noch nicht einmal verheiratet."

„Trotzdem", meinte er, „sie ist schwanger."

Ich dachte, ich hör' nicht richtig. Was werden unsere Nachbarn sagen? Unsere Stellung in der Gesellschaft! Simon ist mit unserer Zimmerei doch von den Aufträgen abhängig.

„Joe", sagte ich, „was hast du getan? Unmöglich. Du hast gesündigt."

Und dann meinte Joe, er wäre gar nicht der Vater. Wurde ja immer besser.

Er berichtete, dass Maria ihm letzte Woche erzählte, dass sie schwanger sei.

Und dass auch sie Besuch von einem Engel hatte.

Scheint ein Nest zu sein, dachte ich.

Na ja, jedenfalls hatte der Engel Maria wohl mitgeteilt, dass Gott sie dazu auserwählt hatte, die Mutter seines Kindes zu sein. Sie wird Gottes eigenen Sohn zur Welt bringen.

„Und das glaubst du ihr?", habe ich ihn gefragt.

„So eine Blasphemie, so eine Gotteslästerung", meinte Simon, „davon will ich nichts hören in meinem Haus."

Aber Joe ließ nicht locker. „Vater, Mutter", sagte er, „glaubt mir. Ich habe genauso reagiert wie ihr. Ich dachte wirklich, sie lästert Gott. Ich habe in den letzten Tagen an nichts anderes gedacht. Und heute Morgen habe ich entschieden, dass es das Beste wäre, wenn wir unsere Verlobung lösen würden. In aller Freundschaft."

„Du fängst an vernünftig zu reden", meinte Simon.

„Ich war mir meiner Entscheidung sicher", sagte Joe, „bis zu dieser Nacht."

„Der Engel", fiel ich ihm ins Wort.

„Ja, Mutter", erwiderte Joe. „Er sagte mir, dass alles, was Maria mir erzählt hatte, wahr sei."

Er soll zu ihm gesagt haben: „Joseph aus dem Geschlecht Davids, habe keine Angst, Maria zu deiner Frau zu nehmen. Das, was in ihr wächst, ist vom Heiligen Geist. Sie wird einem Sohn das Leben schenken und du sollst ihm den Namen Jesus geben."

„Was'n das für'n Name?", fragte ich.

Und Joe wiederholte: „Der Engel sagte mir, ich soll ihn Jesus nennen, denn er wird die Menschen von ihren Sünden befreien und die Dinge, die zwischen ihnen und seinem himmlischen Vater, also Gott stehen, beseitigen oder auf sich nehmen oder so. Glaubt mir bitte. Ihr wisst doch, dass ich kein Lügner bin oder ein wilder Geschichtenerzähler. Bei meiner Ehre, ich erzähle euch die Wahrheit."

„Hör auf, weiter so einen Blödsinn zu erzählen", meldete sich mein Mann noch einmal sehr barsch zu Wort. „In diesem Raum will ich solche Gotteslästerung nicht mehr hören. Werd normal. Wenn du so weitermachst, wirst du deinen guten Ruf zerstören, deinen Platz in der Gemeinschaft verlieren. Du wirst ein Geächteter. Und für was? Für die Liebe einer Frau?"

„Nein", unterbrach ihn Joe heftig, „für die Liebe meines Gottes."

Und dann wandte er sich an mich: „Mutter, glaubst du mir?"

„Du verlangst im Moment zu viel, Joe", antwortete ich. „Du bittest uns, etwas zu glauben, das unmöglich ist."

„Basiert darauf nicht unser Glaube?", warf Joe ein.

Und ich sagte ihm: „Wir brauchen Zeit."

„Klar", sagte Joe, „ich geh am Morgen zu Maria."

Wahrscheinlich ist er jetzt schon bei ihr.

„Wir werden sehr bald heiraten", meinte er, „ich hoffe sehr, dass ihr zur Trauung kommt. Ich hab euch lieb."

Glauben Sie mir, dass ich danach kein Auge mehr zugemacht habe? Und jetzt sitze ich hier und frage mich, ob das wirklich passiert ist. Bekomme ich hier live mit, wie Geschichte geschrieben wird? Wie in der menschlichen Geschichte etwas passiert, das Einfluss auf viele, viele – wenn nicht gar alle weiteren – Generationen haben wird?

Ein Engel, bei uns im Haus, in Joes Chaosbude ...?

Mutter Martha geht langsam und kopfschüttelnd ab.

EIN WEIHNACHTSWUNDER IN PANDEMISCHEN ZEITEN

EINE BESONDERE GESCHICHTE IM ADVENT DES ERSTEN CORONA-JAHRES

„It's beginning to look a lot like Christmas" ... Leise summt Ray diesen Klassiker des englischsprachigen Weihnachtsliederkanons vor sich hin. „Es beginnt wieder sehr nach Weihnachten auszusehen...". Dabei wundert er sich ein wenig, daß ihm dieses stimmungsvolle Lied, mit dem er seit seiner Kindheit schöne Momente verbindet, in den Sinn kommt. Denn nach Weihnachten und adventlich-weihnachtlicher Stimmung ist ihm eigentlich so gar nicht zumute. Vielleicht liegt es an dem leichten Schneetreiben draußen und die dadurch ausgelösten Reflexe.

Diese Adventszeit hat sich Ray wahrlich anders vorgestellt. Das er dieses Jahr in einer völlig veränderten Lebenssituation Weihnachten erleben wird, das war im letzten Jahr im Dezember überhaupt nicht absehbar. Und nun sitzt Ray heute, am 3.Adventsonntag, alleine in seiner Wohnung. Mit dem alten Koffer voller Weihnachtsschmuck den er trotzdem hervorgeholt hat. Jetzt ist eigentlich die Zeit, in der er und seine Frau Frauke ihren Weihnachtsbaum schmücken würden. Mit all dem kunstvollen und kitschigen Baumbehang, den sie in den letzten 25 Jahren gemeinsam zusammengetragen haben und zwischen den Weihnachtsfesten in einem alten, ausrangierten Koffer auf dem Dachboden lagern. Und der ihren Weihnachtsbaum so individuell und persönlich machte, dass er alle Menschen, die in dieser Zeit des Jahres ihre Wohnung betraten, mit einem erstaunten Lächeln im Gesicht für einen Moment innehalten ließ. Ray ist Amerikaner und in seiner Heimat stellt man anstelle eines Adventskranzes den Weihnachtsbaum häufig schon zu Beginn der Adventszeit auf. So hat man länger etwas davon und er bringt schon einmal zusätzlich Licht und weihnachtliches Feeling in diese dunkle Jahreszeit. So hat er es Frauke erklärt und es gefiel ihr.

Frauke aber mochte von der Tradition des Adventskranzes nicht lassen. Auch Ray gefiel diese deutsche Tradition. Aber gleich von Anfang an Adventskranz und geschmückter Tannenbaum behagte Frauke nicht so wirklich. Und so einigten sie sich darauf, den Weihnachtsbaum erst nach der Hälfte der Adventszeit, um den dritten Advent herum aufzustellen und gemeinsam zu schmücken.

Aber dieses Jahr ist so ganz anders. Wozu soll Ray eine Tanne schmücken, wenn doch Frauke, mit der er 25 Weihnachtsfeste gefeiert hat, nicht mehr da ist?

Vor etwas mehr als 25 Jahren hatte Ray seine Frauke auf der griechischen Mittelmeerinsel Kreta kennengelernt, die damals ihren Sommerurlaub hier verbrachte. Sie sah wirklich gut und attraktiv aus. Ihr schwarzes Haar passte toll zu ihrer von der Sonne schon gebräunten Haut. Ray selbst war ausgestiegen aus einem fordernden Managerjob, wollte nicht mehr in den USA leben und fand Kreta passend für sich, das er bei einer seiner vielen früheren Reisen kennengelernt hatte. Hier lebte er seit zwei Jahren in einem kleinen Fischerdorf namens Georgioupolis, fast direkt am Strand, als Frauke ihm in seiner Stammtaverne Mythos am Marktplatz des Ortes das erste Mal begegnete und sofort auffiel. Sie war ihm gleich unglaublich sympathisch. Frauke blickte sich damals suchend um. Alle Plätze in der Taverne waren besetzt, nur bei Ray war noch ein Platz frei. Er winkte sie zu sich und mit einer einladenden Geste bot er ihr den freien Platz an. Bestellte beim Wirt, den er mittlerweile gut kannte, ein zweites Glas und schenkte Frauke ohne große Worte ein Glas Wein aus seiner Karaffe ein.

Die sprichwörtliche griechische Gastfreundschaft hatte Ray bereits verinnerlicht. Die beiden kamen sofort ins Gespräch. Frauke fand auch schnell Gefallen an Ray. Es wurde dunkel über ihr Gespräch und am Ende waren beide die letzten Gäste, die die Taverne verließen. Recht bald war beiden klar, da ist mehr als Sympathie.

Frauke war damals Anfang 30, Ray Anfang 40. Aber man merkte damals und für viele weitere Jahre den Altersunterschied einfach nicht. Für beide war es nicht die erste Beziehung. Aber offensichtlich die Richtige. Als Paar kamen sie unheimlich gut rüber. Wo sie zusammen auftraten, waren sie schnell Mittelpunkt. Sogar geheiratet haben sie. Obwohl sie es beide eigentlich nicht mehr wollten. Und es war gut. Beiden war es dann auch wichtig, nicht nur standesamtlich ihre Beziehung vor dem Gesetz zu legitimieren und auf eine solide Basis zu stellen, sondern auch in einer besonderen kirchlichen Zeremonie den Segen des guten Gottes für ihre Ehe zugesprochen zu bekommen. Ein befreundeter Pastor aus Fraukes Umfeld machte das möglich. In einer kleinen Kapelle des Fischerdorfes auf Kreta, direkt am Meer, fand diese Zeremonie statt. Papa Vassilis, der griechisch-orthodoxe Priester des Ortes gab sein o. k. die Kapelle zu nutzen und war sogar bei der Zeremonie dabei. Übernahm sogar einen kleinen Part in dem dann quasi ökumenischen Hochzeitsgottesdient. Dem Pastor aus Deutschland finanzierten sie natürlich den Flug und den Aufenthalt. Und auch einige ihrer Freunde ließen es sich nicht nehmen, dabei zu sein und legten einen Teil ihres Urlaubs in diesen Zeitraum. Sie bildeten die Gottesdienstgemeinde. Gefeiert wurde dann anschließend in der Taverna Mythos, in der sich die beiden kennengelernt haben. Ein Tag, an den sich viele, die ihn miterlebt haben, immer wieder gerne erinnerten.

Frauke wollte aber nicht dauernd auf Kreta leben. Hatte in Deutschland einen Job, den sie wirklich gerne machte. Ray war damit einverstanden gemeinsam in Deutschland zu leben, mit der Zusage, so oft wie möglich Zeit auf Kreta zu verbringen. Die letzten Jahre waren es dann tatsächlich nur noch zwei, drei Wochen im Jahr. Ray gefiel Deutschland und die Region, in der Frauke lebte und arbeitete. Mochte die „German Gemütlichkeit" mehr und mehr und besonders ihre gemischte deutsch-amerikanische Advents- und Weihnachtszeittraditionen. Diese wurden richtig zelebriert.

Eigentlich lief alles top. Den Alltagsunterschied merkte man auch nach 25 Jahren noch immer kaum. Die Asthma-Erkrankung, die sich allerdings im Laufe der Jahre bei Frauke entwickelte, hatte sie gut im Griff und war medizinisch gut eingestellt. Manchmal dauerte es nur etwas länger, einen Infekt auszukurieren. Aber insgesamt passte es noch. Und ihre Liebe und Zuneigung waren gereift.

Anfang Februar 2020 waren sie, wie all die letzten Jahre, wieder in Österreich zum Skilaufen, in Tirol. In ihrem Lieblingsort Ischgl. Mit allem Zip und Zapp. Am Tag und am Abend. Beim Aprés-Ski legten sie gerne und immer noch eine flotte Sohle aufs Parkett.

Dann die Rückfahrt. Ray fuhr, fühlte sich aber nicht gut. „Habe ich mir wohl eine kleine Erkältung eingefangen", meinte er noch und bat Frauke, für eine Weile das Steuer zu übernehmen. Frauke, die sich noch richtig fit fühlte, fuhr den Rest der Strecke. Zuhause legte sich Ray gleich hin. „Vielleicht doch ein bisschen heftiger, vielleicht doch die Grippe." Doch es wurde auch die nächsten Tage nicht besser.

Dann fing es auch bei Frauke an. Zunächst nicht ganz so heftig, aber das Unwohlsein steigerte sich. Sie fühlte sich schlapp, hatte zu nichts Lust und Energie und dann bemerkte sie auch, dass sich immer öfter nichts riechen und schmecken konnte.

Durch die Medien erfuhren sie dann, dass sich das Corona-Virus, von dem sie nebenbei gehört hatten, schneller verbreitet hatte als zunächst gedacht. Und das gerade Ischgl einer der Hotspots bei der Verbreitung gewesen sein sollte. Die Symptome, die ihre Körper zeigten, passten zu dem neuartigen Virus.

Frauke und Ray meldeten sich bei ihrem gemeinsamen Hausarzt. Der bat sie, das Haus nicht zu verlassen und schickte jemanden vom Gesundheitsamt, der einen so genannten Corona Test vornahm. Das Ergebnis bei beiden war positiv. Sie hatten sich infiziert. Diese Nachricht war schon schockierend.

Frauke gehörte mit ihrer Vorerkrankung ja zur Hochrisikogruppe, wie sie inzwischen wussten. Ihr Zustand verschlimmerte sich zudem. Fast von Stunde zu Stunde. Ihr Hausarzt, den sie telefonisch kontaktierten, riet Frauke dazu, ein Krankenhaus aufzusuchen. Er würde einen Krankentransportwagen schicken.

Bis zum Eintreffen des Krankenwagens unterhielten sich Frauke und Ray noch. Frauke äußerte, dass ihr klar sei, dass das Leben endlich ist. Einige ihrer gemeinsamen Freunde lebten schließlich schon nicht mehr. Wenn ihr etwas passieren sollte, möchte sie nicht, dass er lange als trauernder Witwer durch die Gegend laufe. Er sei zwar nicht mehr wirklich jung, aber auch noch nicht richtig alt, immer noch attraktiv und ihren Segen für eine neue Partnerin hätte er. Ray tat das ab und sagte, sie solle aufhören damit. In wenigen Wochen sei der Spuk vorbei. Sie könnten im Sommer wieder nach Kreta und dann später wieder schön zusammen ihre deutsch-amerikanische Advents- und Weihnachtszeit genießen. Und im nächsten Jahr geht's dann Ende Januar, Anfang Februar wieder zum Skilaufen nach Österreich, wo sie entspannt auf diese herausfordernde Zeit zurückblicken werden.

Im Krankenhaus wurde Frauke aber sehr schnell auf die Intensivstation verlegt, fiel kurze Zeit später ins Koma und musste beatmet werden. Ray selbst ging es nach knapp zwei Wochen schon deutlich besser und ein Test nach drei Wochen brachte das Ergebnis, dass er coronavirenfrei ist.

Inzwischen war es kurz vor Ostern, ein sogenannter „Lockdown" war da, das öffentliche Leben auf ein Minimum zurückgefahren und Ray durfte nicht mehr zu Frauke ins Krankenhaus und auf die Intensivstation. Angeblich zu ihrem Schutz. „Zu welchem Schutz?", fragte er sich. Frauke kämpfte mit ihrem Leben und er durfte ihr nicht beistehen?!? Wer hatte sich so etwas ausgedacht? Ostern schließlich kam die Nachricht, dass seine Frauke es nicht geschafft hat. Ausgerechnet Ostern, am Auferstehungsfest, dachte er. Der Abschied durfte nur in einem kleinen Kreis vor der Friedhofskapelle stattfinden.

Über ein halbes Jahr ist das jetzt her. Der Schmerz sitzt immer noch tief. Die Lücke ist jeden Tag spürbar. Immer wieder hadert er auch mit dem Lebensschöpfer, mit Gott. Klagt ihm in einem Zwiegespräch, in einem Gebet, sein Leid und stellt fest, daß es ihm gut tut und der Schöpfer des Lebens das scheinbar gut aushält.

Aber seit einigen Wochen keimt bei Ray tatsächlich auch öfters der Wunsch auf, wieder eine Partnerin an seiner Seite zu haben. Zum Reden, zum Kuscheln, für Zweisamkeit. Er ist ja tatsächlich noch nicht alt. Gerade einmal Mitte 60. Ab und an begegneten ihm Frauen, die seine Aufmerksamkeit erregten. Aber Ray rief sich zunächst immer wieder zur Raison und sagte sich, das ist noch zu früh, das wäre Frauke gegenüber nicht fair.

Und nun sitzt er jedenfalls hier mit dem Tannenbaumschmuck, den beide im Laufe der Jahre gemeinsam angesammelt hatten. Jedes Jahr kam ein neues Teil dazu. Aber auf das Schmücken eines Weihnachtsbaumes hat er so gar keine Lust. Vor allem nicht mit dem Schmuck, bei dem er mit jedem Teil an Frauke erinnert wird. Eine Tanne hat er auch noch gar nicht besorgt. Noch nicht mal einen Adventskranz. Er erinnert sich an Fraukes Worte. Auch das sie sich wünschte, dass er sich eine neue Partnerin sucht, sollte sie vor ihm sterben. Ja – und wenn er ganz ehrlich ist, eigentlich würde er auch jetzt schon gerne wieder eine Frau an seiner Seite haben. Aber den Schmuck, den Baumbehang, will er nicht mehr aufhängen. Auch nicht für später aufheben. Aber einfach mit dem Müll entsorgen?

Da fällt ihm etwas ein. Jedes Jahr lässt die Stadt zum Beginn der Adventszeit eine große Tanne auf dem zentralen Platz der Stadt, neben dem historischen Brunnen, aufstellen. Nur mit einer Lichterkette versehen. Hier findet ansonsten der mittlerweile traditionelle Weihnachtsmarkt statt. Aber in diesem Jahr ist es den politisch Verantwortlichen aufgrund des nach wie vor aktiven Corona Virus zu riskant, den Weihnachtsmarkt stattfinden zu lassen. Weil sich dort aufgrund des Gedränges und Glühweinkonsums notwendige Abstände wohl nicht einhalten ließen und sich so das Virus von Mensch zu Mensch wieder intensiver verbreiten kann. Deshalb wurde der Weihnachtsmarkt schon Mitte Oktober abgesagt. Mit großem Bedauern zwar, aber das sei jetzt einfach nicht zu verantworten, meinte die Bürgermeisterin. Verständnis war nicht bei allen Bewohnern der Stadt vorhanden für diese Entscheidung. Nur die Tanne mit der Lichtergirlande wurde wieder aufgestellt. Denn Weihnachten würde ja nicht ausfallen und zumindest für ein bisschen adventliche Stimmung im Stadtbild sollte so gesorgt werden.

Recht bald kamen pfiffige Bürgerinnen und Bürger auf die Idee eines alternativen Weihnachtsmarktes. Sie stellten Körbe, Koffer oder Kisten mit guterhaltenen Gegenständen, die sie nicht mehr benötigten, um den Brunnen und die Tanne auf dem Marktplatz. Irgendwer nahm sich immer was mit. Einige nutzten es als Tauschbörse. Und es gab auch einige, die sich Dinge, die dort so freigiebig zur Verfügung gestellt wurden, ansonsten gar nicht leisten konnten.

Inzwischen hatte die Stadtverwaltung auch einige Buden aufstellen lassen, aus denen sonst die Händler ihre weihnachtlichen Waren anboten. Damit die Behälter nicht durchnässten und durchweichten, wenn es schneite oder regnete und die Gegenstände nicht dem Dezemberwetter zum Opfer fielen. Ein großer Menschenauflauf war nicht zu erwarten. Das Risiko einer eventuellen Infektion also wirklich sehr gering.

Hier will auch Ray seinen Koffer mit dem Weihnachtsschmuck abstellen. Den Koffer will er auch nicht mehr aufbewahren. Vielleicht kann den ja auch noch jemand gebrauchen.

Nur die drei Anhänger, die er und Frauke für ihren ersten gemeinsamen Weihnachtsbaum zusammen ausgesucht hatten, einen davon auf Kreta, will er behalten. Die passen dann auch an den Adventskranz, den er sich jetzt doch noch besorgen möchte. Dann nimmt er den Koffer, hievt ihn ein wenig keuchend die Haustürtreppe herunter und trägt ihn durch die Straßen, bis er auf dem Marktplatz vor der großen Tanne angekommen ist.

Irgendwie kommt die Tanne ihm jetzt richtig kahl vor, mit der nackten Lichterkette. Und er fragte sich, warum die Stadt zwar Geld für einen Weihnachtsbaum aufbringt, ihn dann aber nicht auch noch vernünftig schmückt. Für einen Moment überlegt er, ihn mit seinem mitgeschleppten Baumbehang selbst zu schmücken. Aber dann hat er eine, wie er findet, amüsante Idee. Er erinnert sich an einen Zeitungsartikel zu Beginn der Adventszeit, in dem über eine Aktion der Bielefelder Universität in Zusammenarbeit mit der Bodelschwinghschen Stiftung Bethel berichtet wurde. In der Halle der Uni Bielefeld wird jedes Jahr kurz vor der Adventszeit ein großer Christbaum aufgestellt, behängt mit goldgelben „Wunschsternen", auf denen die gehandicapten Bewohnerinnen und Bewohner aus Bethel einen Weihnachtswunsch geschrieben haben. Studierende, Beschäftigte und Besucherinnen und Besucher der Uni plündern jedes Jahr den Baum und erfüllen den Weihnachtswunsch eines Menschen mit Handycap, der von Bethel unterstützt wird bzw. in Bethel lebt. Da wünscht sich z. B. eine junge Frau eine Begleitung ins Kino. Eine Wohngruppe freut sich, wenn jemand mit ihr Weihnachtslieder singt. Ein betagter Senior wünscht sich einen schönen Weihnachtsbecher und ein paar weiche Süßigkeiten. Einen Besuch im Tierpark, Besuch zum Tee, Weihnachtsgeschichten vorlesen, einen weichen Schal oder, oder, oder … . Über 1.000 Wünsche werden jedes Jahr durch die Aktion erfüllt. Und am Ende stellen viele fest: Beschenkt sind am Ende die Schenkenden wie die Beschenkten.

Ray schaut sich um, entdeckt einen gelben Stern aus fester Pappe in einem der Kartons, die bereits dort stehen, zieht ihn heraus, kramt in seinem Rucksack nach einem Stift und schreibt in großen Buchstaben auf den Pappstern: „Ich wünsche mir eine Frau an meiner Seite". Dann hängt er den Stern an den Baum am Markplatz, betrachtet noch eine Weile sein Werk, überlegt noch mal, ob er ihn nicht doch wieder abnimmt und ist dann aber doch sehr zufrieden mit seiner Aktion. Den Koffer mit den restlichen Anhängern stellt er in einer der Hütten ab und geht nach Hause.

Zufrieden mit seiner Aktion kehrt er nach Hause zurück, macht sich noch einen heißen Punsch, schaut einen Spätkrimi im Fernsehen und legt sich schlafen. Am nächsten Tag besorgt er dann doch noch einen Adventskranz im Blumenladen um die Ecke. Ausnahmsweise mal einen vordekorierten. Geschmackvoll, wie er findet. Er wundert sich ein bisschen, dass der bisher noch keinen Käufer gefunden hatte. Frauke würde er gefallen und auch, dass er, Ray, sich jetzt nicht total hängen lässt. Der Inhaber des Blumengeschäfts gab ihm sogar 50 % Rabatt, weil ja die Adventszeit schon bald vorbei sei. Ob er sich in diesem Jahr tatsächlich auch noch einen Tannenbaum holen will, weiß er zu dem Zeitpunkt noch nicht.

Zuhause drapiert er die drei ersten gemeinsamen Anhänger von Frauke und ihm zusätzlich in den Adventskranz, putschert noch ein bisschen in der Wohnung rum und fängt an in seinem neuen Buch „Daß einer gestorben ist, heißt nicht, daß einer gelebt hat – Leben vor dem Tod" zu lesen, das er heute in seiner Stammbuchhandlung entdeckt hat. Passt ein bisschen zu seiner aktuellen Lage. Außerdem fiel ihm dort in der Buchhandlung noch das „Weihnachtswunderzeit"-Buch vom „Trio Infernale" ins Auge. Das sei im Jahr zuvor das erste Mal erschienen, so seine Lieblingsverkäuferin im Buchladen, sei sehr speziell und enthalte 12 Kurzgeschichten von drei unterschiedlichen Autoren, die so manch ungewöhnliche Perspektive auf das Weihnachtsgeschehen und seine Auswirkungen geben. Da in dem Moment nur noch zwei Exemplare auf dem Weihnachtsbüchertisch der Buchhandlung lagen, folgte Ray gerne ihrer Empfehlung und nahm gleich alle beiden noch auf dem Weihnachtstisch der Buchhandlung befindlichen Exemplare der Weihnachtswunderzeit mit. In dieser besonderen Jahreszeit ist es ja immer gut, ein kleines Mitbringsel im Haus zu haben oder für ein spontanes Weihnachtsgeschenk. Er freute sich auch selbst schon darauf, zwischendurch die eine und andere neue weihnachtliche Kurzgeschichte zu lesen.

Am Mittwoch besuchte er einen guten Kumpel in einem Dorf in der Umgebung und blieb dort bis zum Donnerstagabend. Hier kam dann auch gleich das Zusatzexemplar des Weihnachtskurzgeschichtenbuches zum Einsatz, das er spontan als Gastgeschenk, neben der obligatorischen Flasche griechischen Weins, für seinen Kumpel mitnahm.

Am Donnerstagabend wieder in seiner Wohnung ange-kommen, zündete er drei Kerzen auf dem Adventskranz an, dachte dabei an Frauke und freute sich, dass er sich doch entschlossen hatte, noch einen Adventskranz zu be-sorgen. Bei einem schönen Glas Rotwein las er dann schon mal drei der weihnachtlichen Kurzgeschichten des Trio Infernales. Eine von jedem Autor, um schon mal einen Eindruck zu bekommen, was ihn noch erwartet. Zufrieden und müde legte er sich schließlich schlafen.

Als er am Freitagvormittag zum Einkaufen gehen will, denkt er schon gar nicht mehr an den Baum auf dem Brunnenplatz und seinen Stern.

Aber als er an den Platz des mittlerweile alternativen Weihnachtsmarktes in der Stadtmitte kommt, klappt ihm der Unterkiefer runter und er reibt sich die Augen. Der Baum! Er ist fast vollständig behängt. Mit Zetteln und ausgeschnittenen Sternen aus Papier und Pappe. In Gelb, in Rot, Rosa, Grün und Weiß. Einige haben sogar den „Bethlehem-Stern" ausgeschnitten. Andere tatsächlich „Corona-Mund-Nasen-Schutzmasken" drangehängt, die sie mit weihnachtlichen Motiven versehen haben. Auf den Anhängern, den Sternen, den Zetteln und Masken, haben Leute der Stadt ihre Wünsche hinterlassen. Genau wie er auf „seinem Stern", mit dessem Aufhängen er offensicht-lich berührt und etwas ausgelöst hat. Und die Wünsche, die hier hinterlassen wurden, ähneln z. T. denen der gemeinsamen Aktion von Bethel und der Uni Bielefeld, von der im Zeitungsartikel die Rede war und der ihn zu seiner Spontan-Aktion inspiriert hat. Aber auch ganz andere waren natürlich dabei. So wie der Wunsch nach Frieden in der Welt z. B..

Unter einige der Wünsche, die hier aufgehängt wurden, haben andere Menschen eine Handynummer notiert und eingeladen, Kontakt mit ihnen aufzunehmen, damit sie den Wunsch erfüllen können.

Das ist ja cool, denkt Ray und schaut sich viele der Zettel an. Immer wieder muss er erstaunt innehalten. Unter zwei Wünsche hat auch er seine Handynummer notiert und eingeladen ihn zu kontaktieren, um den entsprechenden Wunsch zu erfüllen. Und dabei sinniert, das die tollsten Geschenke oft nicht sichtbar sind: besucht werden, Anerkennung erfahren, Miteinander Zeit zu verbringen. All das bringt Freude und Licht ins Leben.

Dann entdeckt Ray seinen eigenen Stern wieder. In schwarzen Buchstaben hat jemand dazu gesetzt: „Welcher Jahrgang sind Sie? Und wie sehen Sie aus?" Ray stößt einen kleinen Freudenschrei aus, nimmt einen Stift und schreibt: „Ich bin Mitte 60, sehe aber blendend und jünger aus (glauben Sie, ich würde etwas anderes schreiben?)" Dazu malt er einen Smiley ☺, gibt ein drittes Mal seine Handynummer preis und stößt nochmal einen kleinen Freudenschrei aus, weil er innerlich so erregt ist. Viele Menschen stehen um ihn herum, die sich offensichtlich richtig freuen. Einige mit Abstand, andere mit weniger Abstand. „Ist das nicht traumschön?", lächelt ihn eine Frau mit stylischer Pudelmütze an, unter der sich dunkle, leicht grau durchsetzte Locken hervorkräuseln. „Das ist besser und schöner als ein Weihnachtsgeschäftebummel und jeder noch so romantische Weihnachtmarkt.

Das ist ein Weihnachtswunder. Wer das angezettelt hat, muss ein Engel sein. Ein Weihnachtsengel! Und das in dieser krisenhaften Zeit." Ray bemerkt, dass sich aus den Augenwinkeln der Frau kleine Tränen einen Weg über ihre Wangen gesucht haben. Und vielleicht sind sich ja hier auch gerade die richtigen begegnet.

Ray, Ray denkt er, da hast du ja richtig und im wahrsten Sinne des Wortes was an-ge-zettelt. Jetzt bloß nicht rot werden im Gesicht.

Aber er merkt, wie seine Wangen ein bisschen zu glühen anfangen ...

Anmerkung des Autors: Inspiriert zu dieser Geschichte wurde ich durch die Lektüre von Susanne Niemeyers Geschichte „Der Wunschbaum", veröffentlicht in ihrem Buch „Jesus klingelt – neue Weihnachtsgeschichten", Verlag Herder 2019 (dessen Lektüre der Autor sehr empfiehlt). Am Ende meines kreativen Schreibprozesses ist eine eigenständige neue Geschichte mit einem anderen Ansatz bzw. Zugang entstanden.

NEULICH IN BETHLEHEM –
EINE EREIGNIS-REICHE NACHTSCHICHT

„Wann kommt Papa endlich zurück?" Lukas, der jüngste Sohn der Familie, fragt seine Mutter bestimmt schon zum fünften Mal. „Es wird schon dunkel draußen. Er hat mich doch nicht vergessen – oder?"

„Keine Angst Lukas, du weißt doch, dein Vater hält seine Versprechen", antwortet ihm seine Mutter Judith. „Ist denn mit dem Schaf alles klar?" „Na sicher, Mama, jetzt kann Meo endlich zur Herde gebracht werden." Lukas ist mächtig aufgeregt. Es ist soweit. Heute darf er seinen Vater Michaja nämlich zur Arbeit begleiten. Sogar zur Nachtschicht. Am nächsten Tag ist keine Schule, und daher ist der Zeitpunkt optimal.

Gut kann er sich noch daran erinnern, wie sein Vater das kleine Lamm mit nach Hause gebracht hatte. Das Mutterschaf war verschwunden, hatte er erklärt. Vielleicht von einem wilden Tier gerissen. Und jetzt müsse jemand dafür sorgen, dass das kleine Lamm überleben kann. Ihm regelmäßig Milch geben, es großziehen. Lukas hatte das kleine hilflose Lamm sofort in sein Herz geschlossen und sich bereit erklärt, es zu versorgen. Das war vor ein paar

Monaten gewesen. Auch einen Namen hat er dem Lamm gegeben: Meo. Seine Mutter und sein Vater haben ihm hier und da ein wenig geholfen, und ab und an mussten sie Lukas auch mal daran erinnern, dass das Lamm neues Stroh und neues Heu braucht, aber nun war es gewachsen. Kein Lamm mehr. Ein Jungschaf. Und konnte zurück zur Herde. Eigentlich hätte Lukas Meo auch gerne behalten, ließ sich aber schließlich von den Argumenten seiner Eltern überzeugen, dass Meo sich auf Dauer in der Gemeinschaft seiner Herde wohler fühlen würde. Und die Aussicht, eine Nachtschicht mit seinem Vater auf dem Feld bei der Herde verbringen zu können, hat ihn dann endgültig überzeugt.

Und heute Nacht sollte es passieren. Eigentlich wollte Michaja die Aktion während einer Tagschicht erledigen, aber Lukas hatte soviel von dem tollen Sternenhimmel erzählt bekommen, dass er unbedingt nachts dabei sein wollte. Außerdem freute er sich auf das Lagerfeuer, an dem sich sein Vater und dessen Kollegen wärmten und gegenseitig Geschichten erzählten. So stellte Lukas sich das jedenfalls vor.

Jetzt könnte Papa aber endlich kommen, denkt Lukas. Der ist noch in der örtlichen Synagoge, wo es heute einen interessanten Vortrag gibt, den er sich vor Beginn der Nachtschicht anhören wollte.

Doch endlich hört Lukas die Schritte seines Vaters vor der Haustür. Als sich die Tür öffnet, rennt er ihm entgegen und fragt: „Kann es losgehen Papa? Mama hat schon alles vorbereitet. Deine Hirtentasche ist gepackt, und für mich ist auch etwas mit dabei."

Michaja ist Hirtenmeister im judäischen Hirtenverband, und wenn er Nachtschicht hat, bereitet seine Frau Judith immer ein Butterbrotpaket mit Hammelbratenschnitten vor, füllt den Lederschlauch mit heißem Tee und packt alles in seine Hirtentasche. Dieses Mal ein paar Schnitten mehr für Lukas und auch noch zwei kleine Töpfe mit Honig, den ihr Sohn so gerne mag.

„Kann losgehen Lukas!", sagt der Vater. „Binde deinen Meo an die Leine, damit das Schaf uns auf dem Weg nicht ausbüxt, und dann lass uns losgehen. Bist du auch warm genug angezogen?" „Na klar, Papa", entgegnet Lukas und ist auch schon aus der Tür, um das Schaf aus dem kleinen Stall zu holen.

„Schön, dass du alles so toll vorbereitet hast, Judith", bedankt sich Michaja bei seiner Frau, „bin mal gespannt, was die Nacht so bringt. Heute soll es angeblich eine besondere Sternenkonstellation geben. Wird bestimmt interessant für Lukas, wenn er uns nicht vorher einschläft." „Viel Spaß euch beiden", sagt Judith. Sie steht noch eine Weile im Türrahmen und beobachtet mit einem Schmunzeln ihre beiden Männer, wie sie gemeinsam zur Schicht gehen.

Am Ortsausgang von Bethlehem, so heißt die Stadt, in der Michaja mit seiner Familie lebt, treffen sie seine beiden Kollegen Simon und Haggai. Simon hat die neueste Schriftrolle der „Bethlehem Bild" unter seinen Arm geklemmt. Zwei Schlagzeilen beherrschen die Titelseite: „VOLKSZÄHLUNG – war der Aufwand nötig?" und „UNBEKANNTER STERN ÜBER BETHLEHEM IN DEN NÄCHSTEN NÄCHTEN ERWARTET". Was in Zeitungen und Schriftrollen halt so geschrieben wird.

Die vier begrüßen sich, und besonders Lukas wird von Simon und Haggai willkommen geheißen: „Super, dass du heute dabei bist. Dann können wir öfter mal eine Pause machen", scherzen sie mit Lukas herum. „Toll, was aus deinem Schaf geworden ist. Das hast du prima hinbekommen. Wenn wir das Feld bei den Hürden erreicht haben, werden wir es gleich zu den anderen bringen. Du bist bestimmt schon sehr gespannt, was dich heute Nacht alles erwartet, oder?"

„Und wie", prustet es aus Lukas heraus. „Hoffentlich wirst du nicht enttäuscht sein", entgegnen ihm die beiden älteren, erfahrenen Hirten, „es kann auch sein, dass dir die Nacht lang und öde vorkommen wird. Sicherlich ist es eine Nachtschicht wie jede andere." „Aber der Sternenhimmel wird bestimmt ganz toll werden", ist Lukas sicher, „kann man ja jetzt schon sehen, obwohl es noch gar nicht ganz dunkel ist." „Ja, ganz bestimmt", sagt Haggai und zwinkert Simon zu, um ihm zu signalisieren, dass er die fröhlichen Erwartungen von Lukas nicht gleich zu Beginn der Nacht zerstören soll.

Simon wendet sich an Michaja und fragt, ob er an diesem Abend wieder in der Synagoge gewesen sei. In der „Bethlehem Bild" habe er von der Veranstaltung gelesen. „Ja, war ich", antwortet Michaja. „Da wurden merkwürdige Textstellen aus der Schriftrolle von Jesaja gelesen, einem Propheten: dass ein Kind geboren werden soll, das alles gutmachen wird, was so schräg läuft in unserem Leben. Menschen, die im Dunkeln tappen, werden plötzlich ein krasses Licht sehen. Dieses Baby wird der zukünftige Präsident sein, also Herrscher, und in Zukunft das Sagen haben. Er hat besondere Namen: Der, der immer einen guten Tipp hat, heftiger Gott, Chef der Zeit, Friedensbringer. Er wird absolute Macht haben, und dieser Frieden, für den er sorgen wird, der wird nie aufhören. Gott, der Chef vom Universum, ist da voll heiß drauf, er will das unbedingt tun."

„Krass", sagt Simon, „so ist das wirklich gesagt worden?"
„Na ja, manchmal schon mit anderen Worten. Aber so habe ich das für mich verstanden. Da muss ich auch noch mal ein bisschen drüber nachdenken. Vielleicht ist ja heute Nacht nicht so viel los, und ich finde Zeit dazu."

Am Arbeitsplatz angekommen, übernimmt Michaja vom Tagschichthirtenmeister die Liste mit der Anzahl der Tiere, prüft kurz nach, schreibt Meo, das neue Schaf dazu und tritt dann offiziell den Dienst mit seiner Crew an. Die Männer der Tagschicht rufen ihnen noch ein freundliches „Gut Hüt" zu, wünschen dem jungen Lukas für seine erste Nachtschicht alles Gute und setzten sich in Richtung Bethlehem in Bewegung. Feierabend.

Für die anderen beginnt die Nachtschicht. Vater und Sohn bringen Meo, das Schaf, zu den anderen Tieren. Und bevor Lukas die Leine löst, um es zur Herde laufen zu lassen, drückt er es noch einmal ganz doll.

Als die Leine endgültig gelöst ist, bleibt das Schaf zunächst kurz stehen, aber als Michaja und Lukas ihm einen kleinen Klapps geben, setzt es sich in Bewegung und trottet zur Herde, wo es mit lautem Blöken begrüßt wird und erst einmal in der Herde verschwindet.

Dann nimmt Michaja seinen Sohn Lukas an die Hand: „So, und jetzt lass uns mal eine erste Runde um die Herde drehen um zu sehen, ob alles in Ordnung ist."

Schon bald ist Lukas abgelenkt und muss nicht mehr dauernd an sein Schaf denken. Keine Wolke ist heute am

Himmel, und es sieht aus, also ob jemand mit der Zahnbürste lauter goldene Farbkleckse an den Himmel gespritzt hat.

Nach ihrer Runde setzten sie sich an ein Lagerfeuer. Michaja, Haggai und Simon erzählen Geschichten, Lukas hört gespannt zu, und zwischendurch dreht er abwechselnd mit einem der Hirten immer wieder eine Runde um die Herde.

Nach der dritten Runde können sie eine längere Pause einlegen, weil es auch in der Herde immer ruhiger wird. Sie packen ihre Butterbrote aus, gießen Tee in ihre Tonbecher, wärmen sich am Feuer und unterhalten sich.

Allmählich werden die Pausen zwischen den Gesprächen immer länger. Es ist jetzt mitten in der Nacht, jeder döst vor sich hin und kämpft damit, nicht einzuschlafen. Auch Lukas, obwohl er die ganze Nacht durchmachen wollte.

Doch auf einmal wird es taghell. Lukas denkt zuerst, dass er träumt. Doch dann stellt er fest, dass ihr Lagerfeuerplatz tatsächlich von einem klaren, hellen Lichtschein erleuchtet wird. Lukas stupst seinen Papa an, der hochschreckt und zuerst ganz irritiert Lukas anschaut und dann in die Runde blickt. Inzwischen sind auch Haggai und Simon wachgeworden und sehen etwas ratlos aus.

Diese plötzliche Helligkeit um sie herum kann sich keiner erklären. Denn der Himmel ist immer noch dunkel und mit Sternen übersät.

Auf einmal ertönt in die gespannte Stille hinein eine Stimme: „FÜRCHTET EUCH NICHT!"

Alle zucken zusammen, Lukas drückt sich eng an seinen Papa, bevor noch einmal diese Stimme ertönt: „FÜRCH- TET EUCH NICHT!"

Und dann sehen sie tatsächlich Umrisse eines Wesens. Groß und kräftig. Das Licht scheint von diesem auszuge- hen. „Papa, wer ist das?"

„Keine Ahnung, das erleben wir hier zum ersten Mal." Dann wieder die Stimme: „FÜRCHTET EUCH NICHT!" Die Hirten und Lukas bekommen Panik. Aber diesmal spricht die Erscheinung weiter: „Ihr braucht keine Angst zu haben! Ich habe gute Nachrichten für euch und alle anderen Menschen. Heute Nacht ist hier in Bethlehem der Mann geboren worden, der euch alle aus dem Dreck holen wird."

„Krass", flüstert Michaja, der als erster wieder klare Ge- danken hat, den anderen zu, „hier passiert ja genau das, was ich vorhin noch in der Synagoge vorgelesen bekom- men habe. Irre! Das da vorne muss ein Engel sein, ein Bote Gottes."

„Du spinnst", zischt Haggai kleinlaut. „Meinst du das in echt, Papa?", fragte Lukas mit weit aufgerissenen Augen. „Ja, meine ich", erwiderte Michaja, „aber hör mal, der will noch mehr sagen."

Mit lauter Stimme spricht der Engel weiter: „Ich sage euch, wo ihr ihn finden könnt. Er liegt in einem Futtertrog in einem Stall, eingewickelt in Windeln. Denn noch ist er ja ein Baby. Zum dem Mann wächst er erst noch heran".

Den vieren ist trotz aller „Fürchtet Euch nicht"-Worte des Engels noch immer reichlich mulmig zumute. Trotz- dem würden sie am liebsten sofort losmarschieren um nachzusehen, ob irgendwo in Bethlehem in einem Stall ein Baby in einem Futtertrog liegt.

Vorher müssen sie sich noch eine Art Konzert anhören. Auf einmal ist der Engel nicht mehr alleine. Neben ihm steht plötzlich eine Riesenmenge dieser Himmelswesen. Lukas denkt: „Wenn ich das meinen Freunden erzähle ... die glauben mir kein Wort."

In einer Art Sprechgesang beginnen die Engel: „Der Gott, der aus dem Himmel kommt, er soll geehrt werden! Er hat den Menschen jetzt ein Friedensangebot gemacht, für alle, die es annehmen wollen."

Nach diesem Lied wird es wieder ruhig. Keine Engel mehr, kein Licht. Bis auf das Licht der Sterne. Ein Stern fast genau über ihnen leuchtet besonders hell. Was haben sie da eben erlebt? War das ein Traum, eine Halluzination?

Michaja, der Hirtenmeister, schafft es als erster, seine Gedanken wieder zu ordnen. Es hat schon seinen Grund, warum er der Teamleiter ist. „Was sagte der Engel? In Bethlehem wäre der Beweis zu finden, dass das eben wirklich passiert ist? Also, auf nach Bethlehem." Die ganze Mannschaft ist so aufgeregt, dass sie rennt. Die Tiere der Herde kommen bestimmt auch eine Weile ohne sie aus.

Sie brauchen gar nicht lange zu suchen. Schon nach kurzer Zeit hören sie Babygeschrei. In dem Stall einer Herberge, ganz in der Nähe ihrer Herde, liegt ein Kind in Windeln gewickelt, in einem Futtertrog. Genau so, wie der Engel es gesagt hat. Die Mutter und ihr Mann sitzen daneben auf einem Strohballen, völlig erschöpft, aber glücklich.

Wie die Hirten erfahren, heißen die beiden Maria und Josef. Und das Kind da vor ihnen haben sie Jesus genannt.

Jeder der vier Hirten, in dieser Nacht zählt auch Lukas dazu, hat das Gefühl, dieses Kind da sei für ihn geboren. Genau erklären, warum das so ist, kann erst mal keiner. Sie freuen sich jedenfalls total über das, was sie in dieser Nacht erlebt haben. Allen, die ihnen auf dem Rückweg begegnen, erzählen sie davon. Und alle, denen sie davon erzählen, staunen nicht schlecht. Auch Judith, als ihre beiden Männer am nächsten Morgen von der Schicht nach Hause kommen und von der Nacht berichten.

Obwohl es ziemlich verrückt scheint, was die beiden erlebt haben, sind sie jetzt auch reichlich müde. Als Judith schließlich Lukas in sein Bett bringt, fragte sie ihn: „Na Lukas, bei all dem, was du heute Nacht erlebt hast, willst du später auch mal Hirte werden?"

„Ist ganz schön Mama", antwortete ihr Lukas, „aber du weißt doch, ich will lieber Arzt oder Journalist oder Geschichtenschreiber werden. Oder beides ...". Dann fallen ihm die Augen zu, und er schläft tief und fest ein.

Seine Mama streichelt ihrem schlafenden Sohn noch einmal sanft über den Kopf und lächelt ihn dabei an. „Ja, wäre schön, wenn diese Geschichte mal jemand aufschreibt."

DIE HEILIGABEND-SONDERFAHRT DER U79

Auch in diesem Jahr gönnte sich Bodo wieder seine traditionelle Tour am Heiligen Abend mit der Straßenbahnlinie U79. Von Duisburg, wo er als Pastor einer Kirchengemeinde im Süden aktiv war, bis zum Klemensplatz in Düsseldorf-Kaiserswerth und zurück. Inklusive des Spaziergangs zur „Alten Rheinfähre" in Kaiserswerth, dem Restaurant direkt am großen Fluss, um dort noch einen Kaffee und ein Stück der hausgemachten „Lübecker Marzipantorte" zu genießen, die ihn an seine Heimatregion in Norddeutschland erinnerte.

In diesem Jahr war er ein klein wenig später dran als sonst. Der Klönschnack mit der Kellnerin im Restaurant hatte etwas länger gedauert. Bodo war der letzte Gast gewesen. Und da hat sie ihm noch einen extra Weihnachtsstammkundenkaffee ausgegeben, sich auch einen eingegossen und sich noch ein bisschen zu ihm gesetzt.

Aber nun wurde es Zeit. Es war schon dunkel, als er an der Station Klemensplatz in die U79 Richtung Duisburg einstieg. Der Weihnachtsgottesdienst in seiner Gemeinde wartete später noch auf ihn, in dem er die Weihnachtspredigt zu halten hatte. Aber da er immer genügend Zeitpuffer einplante, machte er sich keine Sorgen darum, nicht rechtzeitig anzukommen. Und so eine „weihnachtswunderliche Unterbrechung" wie im letzten Jahr, dachte Bodo so bei sich, als die U79 anfuhr, wird sich ja sicherlich nicht noch einmal wiederholen. Da hatten streikende Hirten die Bahnlinie blockiert und so für eine spontane Open-Air-Weihnachtsparty, inklusive einem improvisierten Heiligabendgottesdienst an der Hubertuskapelle, mitten auf den Feldern zwischen den Haltestellen „Froschenteich" und „Kesselsberg", gesorgt. Bei dem die Toten Hosen, die zufällig mit im Waggon saßen, unterwegs zu einem unplugged Weihnachtskonzert in Duisburg-Ruhrort, für die Musik sorgten.

Andererseits dachte er auch immer wieder gerne daran zurück. An die tolle Atmosphäre, die Begegnungen mit den Menschen aller Schichten, Generationen und Nationalitäten. Irgendwie schon eine echte „Weihnachtswundernacht", sinnierte Bodo. Ein einmaliges Erlebnis. Wie die Leute von damals wohl in diesem Jahr ihr Weihnachtsfest verbrachten?

Er hatte im Verlauf des vergangenen Jahres öfter daran gedacht, wie es wäre, so etwas zu wiederholen. Aber da sich Wunder eigentlich nicht wiederholen und schon gar nicht planbar sind, hatte er diese Gedanken immer wieder verworfen.

Er musste sich jetzt ein bisschen zwingen, seinen Fokus auf den bevorstehenden Heiligabendgottesdienst und den Inhalt seiner Predigt zu richten. Deren Ausarbeitung war ihm in diesem Jahr schwerer gefallen als sonst. So Sternstunden wie im vergangenen Jahr hat man halt nicht jedes Jahr. Irgendwie fühlte er sich auch ein wenig müde, als er es sich auf seinem Sitzplatz gemütlich gemacht hatte. Trotz des Weihnachtskaffees für Stammkunden vorhin in der „Alten Rheinfähre".

Täuschte er sich, oder fuhr die Bahn tatsächlich ein wenig schneller als sonst? Jedenfalls fühlte es sich so an. Er musste daran denken, dass er Anfang des Jahres in der Tageszeitung gelesen hat, dass die Duisburger Verkehrsgesellschaft (DVG), die Betreibergesellschaft der U79, zwar nicht die neusten, dafür aber die schnellsten Straßenbahnen im Verkehrsverbund Rhein-Ruhr habe.

Es ging über das große Rondell mit dem Kreisverkehr, auf dem ein Riesen-Weihnachtsbaum aufgebaut war, der wie jedes Jahr mit überdimensionierten Geschenken behängt war. Die U79 nahm jetzt richtig Fahrt auf. An den Haltestellen wurde plötzlich nicht mehr gehalten, selbst wenn dort wartende Fahrgäste standen.

Bodo schaute verwirrt, leicht panisch, aus dem Fenster, blickte sich im Waggon um und stellte fest, dass er fast alleine im Abteil saß. Außer ihm waren da nur noch zwei Typen in roten Mänteln und mit roten Mützen, die sich angeregt unterhielten. Wohl Studenten auf dem Weg zu ihren Einsätzen als Weihnachtsmänner in Familien mit kleinen Kindern, dachte er.

Jetzt erreichte die Bahn die ersten Stationen auf Duisburger Stadtgebiet. Aber auch hier hielt sie nicht. Auch nicht an der Station Grunewald, beim Bahndepot. „Hier hätte ich doch rausgemusst", dachte Bodo, drückte mehrmals den Halteknopf und bekam es mit der Angst zu tun. Er musste doch gleich im Weihnachtsgottesdienst predigen. „Anhalten, sofort anhalten" rief er laut, schrie beinahe. Aber die Bahn hielt einfach nicht. Wechselte stattdessen auf einmal die Spur und fuhr eine ganz andere Strecke, nutzte eine ganz andere Gleisführung. Wie von Geisterhand.

Die Bahn fuhr auf der Düsseldorfer Straße weiter Richtung Duisburger Innenstadt, passierte diese und nahm über Kasslerfeld Kurs Richtung Ruhrort. Stoppte auch nicht am Ruhrorter Kreisel, fuhr auf der Karl-Lehr-Brücke über die Ruhr, vorbei am 1000-Fenster-Haus, und ... verließ hier auf einmal die Gleisspur und schlängelte sich durch die engen Gassen Richtung Rhein. Bodo war zu erstaunt, um noch weiter zu rufen. Was geschah hier nur gerade?

Die Bahn fuhr jetzt Richtung Stichkanal zur Hafeneinfahrt. Drehte noch eine Extra-Runde auf dem Neumarkt, vorbei am Anker, wo gerade die Lichter erlöschten. Auch am Lokal Harmonie ging's noch vorbei. Dann schlängelte sie sich weiter durch die Gassen, ließ das Gelände mit der Zentrale von Haniel hinter sich, auch die Schifferbörse, und fuhr runter zum Leinpfad. Hier noch vorbei an der wie immer festlich beleuchteten Oskar Huber', dem musealen Schaufelradrheindampfschiff, und kam an der Ecke Horst-Schimanski-Gasse zu Stehen, direkt vor dem Hübi, der kultigen Hafenkneipe, deren Fenster hell erleuchtet waren.

Aus der geöffneten Eingangstür vom Hübi drang Stimmengewirr, vermischt mit Livemusik und Gesang. Irgendwer jammte sich da durch die Weihnachtsklassiker und einige Gospels.

Die Tür der U79 ging auf, und Bodo stieg konsterniert aus. Blickte sich vorsichtig um und wurde von Dirk, dem Kneipenwirt, und Thommy Black, dem Conferencier des Hübi, in Empfang genommen und die Stufen nach oben in die Kneipe geführt. Rainer vom Anker huscht auch noch an ihnen vorbei. Auf der kleinen Bühne neben dem Eingang jammten die Roten Rosen – alias „Tote Hosen" –, gemeinsam mit der Stammbesetzung der „Hafen-Jam-Band" im Hübi. Auch diesmal mit Heiner am Schlagzeug. Campino am Gesangsmikro grinste Bodo breit an, als er den Raum betrat, und es gab allgemein ein großes Hallo. „Da bist du ja! Wir warten schon auf dich", vernahm Bodo wie durch einen Nebel. Er überlegte, was hier eigentlich gerade passierte. Wo er hier hineingeraten war.

„Einer muß doch gleich noch die Weihnachtspredigt halten", vernimmt er aus der Menschenansammlung. „Mach noch mal die vom letzten Jahr, die mit dem Stern", tönt es.

„Aber die kennt ihr doch schon", erwidert Bodo mit schwacher, unsicherer Stimme. Immer noch leicht verwirrt. „Trotzdem" ermuntert ihn Campino, „Erinnerung ist immer gut. Außerdem kennen sie noch nicht alle."

Bodo blickt um sich und entdeckt auf einmal das junge Liebespaar, das bei der Fahrt im letzten Jahr eng umschlungen und kuschelnd mit ihm im Waggon gesessen hatte. Inzwischen haben die beiden geheiratet. Sie prosteten ihm zu. Auch die Hirten hatten sich eingefunden. Hatte er doch richtig gerochen. Die, die im letzten Jahr mit ihrem Streik für die Fahrtunterbrechung auf freier Strecke und damit für diese einmalige Open-Air-Weihnachtsparty gesorgt hatten. Und der alte Mann mit dem Hund war auch da. Der, von dem er damals angenommen hatte, dass er einsam war und den Weihnachtsabend damit verbringen wollte, von einer Endstation zur anderen zu fahren. Einsam war er jetzt jedenfalls nicht mehr. Bei der Aktion im letzten Jahr hatte er Menschen kennen gelernt, die zu Freunden geworden waren, und mit denen er jetzt öfter seine Zeit verbrachte. Unter anderem mit der punkigen Teenagerin, die in ihm wohl so eine Art „Ersatz-Opa" sah und ihn regelmäßig besuchte, um einen Tee mit ihm zu trinken. Auch diese erblickte Bodo in der Menschenmenge. Was nicht schwer war, da sie ihre schwarzen Haare aktuell wieder mit roten und grünen Strähnen eingefärbt hatte.

Die drei Flüchtlinge, die er letztes Weihnachten scherzhaft als die „Heiligen-Drei-Könige" bezeichnet hatte, hatten inzwischen Asylanträge gestellt, die positiv beschieden worden waren. Auch sie lachten ihn freudig an. Hatten mittlerweile sogar Jobs gefunden. Im Duisburger Hafen. Zudem entdeckte Bodo immer mehr von seinen Gemeindemitgliedern unter den Gästen im Hübi. Auch seine Familie grinste ihn an. „Was geht denn hier ab?", schoss es ihm durch den Kopf.

Da kam Uli, einer seiner verlässlichsten Gemeindepresbyter, auf ihn zu, umarmte ihn und sagte: „Schön, dass du da bist Pastor! Du hast hier noch gefehlt!".

„Sag mal, was ist das hier?" fragte Bodo. „Wo kommen all die Leute her, was machen die Gemeindemitglieder hier?"

„Schöne Weihnachtsüberraschung, nicht wahr?", entgegnete ihm Uli. „Wunder dich ruhig ein bisschen heute Nacht, Bodo! Weißt du, das war im letzten Jahr so schön, diese ungeplante Open-Air-Weihnachtsparty, dass wir beschlossen haben, uns zumindest Weihnachten nicht mehr hinter unseren Kirchenmauern zu verstecken, sondern dort hinzugehen, wo die Menschen sind, wo das Leben spielt. Und alle, die dieses besondere Weihnachtsfest im letzten Jahr miterlebt haben, wollten wieder dabei sein. Viele haben im letzten Jahr ihre Kontaktdaten ausgetauscht, auf Facebook die ‚U79-Weihnachtswunderlinie-Gruppe" gegründet und sich auch über WhatsApp immer wieder ausgetauscht. Dabei kam dann die Idee zu dieser Aktion. Und die Hafen-Jam-Crew und viele andere Hübi-

Gäste, die das alles ja nur vom Hörensagen kannte, u. a. von den Toten Hosen, die im letzten Jahr dann ja später noch ihren Unplugged-Weihnachts-Set hier spielten, wollten auch mal ein besonderes Weihnachtsfest, am besonderen Ort erleben. Da haben wir den ‚Geist der Weihnacht' halt bestochen, die U79 mal eben umzuleiten." „Verrückt", dachte Bodo und blickte immer noch ungläubig und etwas verwirrt in das Gesicht von Uli. Aber der meinte nur: „Guck nicht so Pastor, jetzt halt mal Deine Sternenkurzpredigt vom letzten Jahr noch mal, Du Traditionalist. Die wirst Du ja wohl noch zusammen bekommen. Kann ja auch hier zur Tradition werden."

Und dann fasste Bodo, irgendwie immer noch ein bisschen wie in Trance, seinen aus fünf Bildern bestehenden Lieblings-Weihnachts-Comic-Strip von Hägar dem Schrecklichen zusammen, diesem unerschrockenen Wikingerkapitän. Berichtete von Hägars kleinem Sohn, der neben einem Mönch sitzt und den Mönch an seinen Beobachtungen und Gedanken teilhaben ließ. Dabei den Mönch wissen lässt, daß er diese Jahreszeit besonders mag, weil alle so glücklich und freundlich und hilfsbereit sind. Alles so friedlich und harmonisch ist. Und dabei feststellt, das Menschen, die sich sonst „mit dem Hintern nicht angucken", auf einmal sehr freundlich miteinander umgehen. Das nicht so wirklich einsortieren konnte, aber irgendwie den Eindruck hatte, als wäre er in einer anderen Welt. Und auf einmal den Eindruck hatte, ein besonderes Phänomen entdeckt zu haben, den Mönch anstupste und ausrief: „Und sieh doch! Dieser Stern war vorher noch nie da!". Dabei zeigte er auf einen besonders großen und leuchtenden Stern, der über einer kleinen schneebedeckte Hütte stand und diese beleuchtete. Nachempfunden einer Sequenz der Darstellung des Sterns von Bethlehem über der Geburtshütte von Jesus. So hätte es wohl ausgesehen, wenn Jesus nicht in Bethlehem, sondern in „Baderup", irgendwo in Skandinavien, also im Wikingerland zur Welt gekommen wäre. Aber der Mönch gab zur Antwort: „Oh nein, der ist die ganze Zeit da! Aber die meisten Menschen können ihn nur zu Weihnachten sehen!"

„„Der Stern ist die ganze Zeit da! Aber die meisten Menschen können ihn nur zu Weihnachten sehen!"", wiederholte Bodo noch einmal den Satz. „Wann fangen wir an, das ganze Jahr auf ihn zu achten? Warum nicht hier und jetzt und heute? Da könnte sich einiges zum Positiven verändern und wir würden so einen schrägen Abend, wie wir ihn heute erleben, öfter erleben. An dem Menschen miteinander harmonieren, die sich vielleicht sonst aus dem Wege gehen und kaum beachten oder sogar das Leben schwer machen würden. Jesus, das Friedenskind macht's möglich. Vielleicht einfach mal auf seine Vorschläge zum Leben achten. Öfter mal mit ihm kommunizieren. Soll Wunder wirken. Weihnachtswunder!". Und damit beendete Bodo auch schon seine Predigt. Mit genau denselben Worten wie im letzten Jahr.

Die „Hübi-Spontan-Band" des Abends, gemischt aus den Roten Rosen und Mitgliedern der Hafen-Jam-Hausband, begann gerade „Stille Nacht" zu intonieren, da drang eine laute Stimme an Bodos Ohr: „ENDSTATION! Dieser Zug endet hier! Weiterfahrt mit der Linie U79 mit dem Zug auf dem gegenüberliegenden Bahnsteig!"

Bodo wurde abrupt wach. Verwirrt registrierte er, dass er tatsächlich eingenickt war und alles nur geträumt hatte.

Aber ihm wurde schnell klar, dass er genauso im nächsten Jahr Weihnachten feiern wollte – mit seiner Gemeinde und den neuen Freunden, den Menschen, für die die echte „Weihnachtswundernacht" damals, vor knapp 2000 Jahren, als der Himmel die Erde berührt hat und Gott in Jesus Menschengestalt angenommen hat, schließlich geschehen ist. Ein Weihnachtsgottesdienst im Hübi in Ruhrort hätte doch was. Oder sie organisierten mit der DVG eine Sonderfahrt der U79 am Heiligen Abend und feierten den Weihnachtsgottesdienst im Fahren. Immer zwischen den Endhaltestellen hin- und her pendelnd. Mit ständig wechselnden Gästen, die ein und aussteigen. Eine echte „Weihnachtswunderlinie". Hätte doch auch was.

Jetzt musste er aber erst einmal die nächste Bahn zurück zur Station Grunewald nehmen. Wenn es keine streikbedingten Unterbrechungen gab, würde er es gerade noch rechtzeitig zum Beginn des Gottesdienstes schaffen. Er freute sich schon sehr auf den Weihnachtsgottesdienst, und vor allem auf die in den folgenden Jahren. Bei der Rückfahrt zur Station Grunewald schaute er durchs Fenster immer wieder zum Sternenhimmel. Und ein Stern, der ihm bereits im letzten Jahr aufgefallen war, schien irgendwie wieder besonders hell zu leuchten.

EIN GROSSER — DER KLEIN ANFÄNGT

Ein neues Jahr ist immer auch eine neue Chance. Und mit der Adventszeit beginnt auch gleichzeitig ein neues Jahr: Das Kirchenjahr. Am letzten Sonntag vor dem 1.Advent, mit dem sogenannten Ewigkeitssonntag oder auch Totensonntag ist es zu Ende gegangen. Am 1.Advent, mit einer erwartungsvollen Haltung das etwas Besonderes ankommen und passieren wird, beginnt der Zyklus von vorne. Advent bedeutet Ankunft. In der Christenheit erinnert man sich daran, daß Gott als kleiner Mensch in seinem Sohn Jesus Christus in die Welt gekommen ist. Und gleichzeitig daran, daß er noch einmal wiederkommen will.

Und deshalb noch einmal sehr bewusst diese Aussage: Ein neues Jahr ist auch immer eine neue Chance. Ich darf neu anfangen. Wir dürfen neu anfangen. Weil Gott neu anfängt. Ich kann ihm die Tage und Zeiten des vergangenen Jahres zurückgeben. Die Tränen, die Konflikte, die Erfolge, Zeiten der Herausforderung.

Auch alle Worte, die ich besser nicht gesagt hätte, alle Gedanken, die ich besser nicht gedacht hätte. Ich bin schuldig geworden. Ich bin Gott und den Menschen vieles schuldig geblieben.

Aber Gott fängt neu an. Er hat meine Schuld am späteren Kreuz seines Sohnes entsorgt (und hier begegnen sich dann sogar Ostern und Weihnachten – das eine ist ohne das andere nicht möglich). Und ich kann aufrecht und zuversichtlich ins neue Jahr gehen. An seiner Hand, wenn ich will. Gott ist ein Gott der Anfänge. Und wir können Menschen der Anfänge sein. Warum nicht mal im Advent. Am Beginn des neuen Kirchenjahres. Wie er uns vergibt, sollen wir anderen vergeben. Seine Barmherzigkeit will unsere Hartherzigkeit aufweichen. Sein Herz unser Herz warm und lebendig machen.

Momentan scheint es so, dass man den folgenden Satz zum Ende eines jeden Jahres wiederholen könnte: Das nächste Jahr wird sicherlich kein leichtes Jahr. Steigende Kosten drücken. Sinkendes Realeinkommen belastet. Naturkatastrophen und gesundheitliche Herausforderungen scheinen zuzunehmen.

Trotzdem können wir neu anfangen. Wir können und dürfen auf Gottes Hilfe vertrauen. Auch auf Freunde, die mit uns unterwegs sind. Es warten viele neue Herausforderungen. Wir müssen sie nicht alle auf einmal bewältigen. Wir können mit kleinen Schritten anfangen.

Das ist möglich, weil Gott, auf dessen Hilfe wir vertrauen dürfen, immer klein anfängt. Ganz klein.

★ Aus dem Nichts macht er die Welt.

★ Aus einer Handvoll Erde macht er die Menschen.

★ Aus einem klitzekleinen Senfkorn macht er einen respektablen Strauch.

Immer fängt Gott ganz klein an. Sein Reich in dieser Welt beginnt mit allzu menschlichen Menschen. Mit Abraham, „einem umherziehenden Aramäer", wie das Alte Testament notiert. Mit Mose und mit David, angefochtenen und anfechtbaren Gottesmännern. Und vor allem mit dem kleinen Kind in der Krippe, Jesus von Nazareth. Eigentlich kein Sohn von Maria und Joseph. Sondern Gottes Sohn. Er selbst. Mitten in dieser Welt.

Gott fängt klein an.
Damit niemand sagen kann: Gott, Du bist mir zu groß.
Gott fängt schwach und verletzlich an.
Damit niemand sagen kann: Gott, Du bist mir zu stark.
Gott fängt niedrig an.
Damit niemand sagen kann: Gott, Du bist mir zu weit weg.

Gott fängt klein an. In einem kleinen Ort.
Ich möchte sie gerne mit auf eine gedankliche Reise nehmen: Stellen Sie sich die Silhouette einer kleinen Ortschaft in einer hügeligen Landschaft vor.
Sehen Sie den Ort dort drüben? Da, wo gerade die Sonne untergeht? Oder aufgeht?
Das ist Bethlehem. Friedlich liegt die kleine Stadt auf den Hügeln Judäas.
Doch der Schein trügt. Er hat meist getrogen. Die Idylle war hier selten zu Haus. Nein, auch dort unten nicht, wo Schafe und Ziegen blökend über dürre Weiden ziehen. Die Wüste ist nah. Ganz nah. Und das Elend. Und der Krieg. Und die Verzweiflung.

Wie vor 2.000 Jahren. Bethlehem ist eine besetzte Stadt in einem besetzten Land. Römische Soldaten überall. Anschläge und Vergeltung. Ohnmächtiger Zorn und wenig Hoffnung auf Veränderung.

Ich stelle mir vor, wir – Sie und ich sind Hirten, hier vor den Toren Bethlehems. Vor den Toren der besseren Gesellschaft. Ein Leben zwischen Widerstand und Ergebung. Ohne Erwartungen ans Leben, an Gott. Als plötzlich der Himmel aufreißt. Und eine Lichtgestalt erscheint, ein Engel: „Ich habe eine gute Nachricht für Euch, ein Evangelium! Gott ist zur Welt gekommen! Der Heiland ist geboren! Für Euch! Er kann alles zurechtbringen! Euer Leben und die Welt! Geht ihn suchen! Er ist – ein Baby!"

Und der Himmel hängt auf einmal nicht nur voller Geigen. Er ist Musik pur. Und Licht und Leben. Und Farbe und Fröhlichkeit. Und wir beide, Sie und ich, wir denken: Wir träumen. Und machen uns doch auf den Weg. Und finden ihn, den Heiland, den Erlöser. Gott. In einem Futtertrog. Ein Baby! Wirklich und wahrhaftig ein Baby!

Nein, ich bin kein orientalischer Märchenerzähler! Genauso ist es passiert. Vor 2000 Jahren.

Aber so ist ER nun einmal, der Gott, an den ich glaube, der Schöpfer des Universums, der Herr der Welt: Immer anders! Immer überraschend ! Klein macht er sich, ganz klein. Kommt herunter. Lässt sich herab. Verzichtet auf Glanz und Gloria, auf Pomp und Pracht. Wird einer wie wir. Ja, weniger als wir. Damit niemand mehr sagen kann:

★ Du bist mir zu groß!

★ Du bist zu weit weg!

★ Du verstehst mich nicht – wie solltest du mich lieben!

Er will nicht länger Gott der Macht sein. Er ist der Gott der Liebe!

Ein Gott für Menschen. Für mich und – für Dich!

Irgendwie eine verkehrte Welt:

Wir Menschen wollen nach oben, möglichst immer weiter nach oben.

Gott will nach unten, möglichst immer weiter nach unten. So wird er einer von uns. Ein Mensch. Ein ganz kleiner Mensch. Ein Baby zunächst und dann ein zunächst nicht sehr bedeutender Wanderprediger in einem damals nicht sehr bedeutenden Land im Nahen Osten.

Niemand Besonderes will er sein auf dieser Erde. Obwohl er es ist! Für andere ist er da, nicht für die eigene Karriere. Seinen Schülern wäscht er die Füße. Er zahlt den Preis für unsere Gottesferne. Diese Haltung ist Programm. Einmal sagt er: „Ihr wisst, daß die Herrscher ihre Völker niederhalten und die Mächtigen ihnen Gewalt antun. So soll es nicht sein unter euch. Sondern wer unter euch groß sein will, der sei euer Diener." Sagt es und lebt es. Und möchte, daß wir es auch leben.

Gottes Sohn dient uns. Dabei hätte er das Zeug zum Herrschen. Dabei hätte er Grund, seinen Untertanen kräftig den Marsch zu blasen. Schließlich fügen sie einander auf ihrem stetigen Weg nach oben tiefe Wunden zu. Einander und ihrem Gott.

Man findet Gott nicht nur, wenn man in die Höhe schaut. Man findet Gott, wenn man nach unten schaut. Gott hat sich klein gemacht. Ganz klein. Ist uns in unsere tiefsten Tiefen nachgestiegen. Will uns ganz nahe sein. Will uns verstehen. Will uns wirklich helfen können. Nachhaltig helfen. Und dann baut er aus vielen kleinen Menschen sein Reich. Und das ist größer, als wir's uns in unserer größten Fantasie vorstellen können.

GOTT IST NICH OBEN!!! Er kam herunter.

Irgendwann sagte er zu seinen Engeln im Himmel: „Hey, wisst ihr was ich jetzt machen werde? Es wird ein Kind, ein Baby geboren werden. Eines seiner Namen wird Immanuel heißen. Und wisst ihr was dieser Name bedeutet? ‚GOTT MIT UNS'!!!

Ich geh da runter Leute. Ich geh da runter! – Ich versuche immer mir Gott so richtig vorzustellen, wie er da im Himmel ausgeflippt ist - Ich will da runter Leute. Ich will da runter!" Und die Engel antworteten: „Cool down, Du hast 'ne Ewigkeit Zeit für diese Aktion." Und Gott sagt ganz aufgeregt: „Ich muss jetzt gehen! Ich muss einfach näher dran sein!"

Im Neuen Testament, beim Autor Johannes heißt es dazu: „Und das Wort wurde Fleisch!" Er kam zu uns als Jesus. Und als er herunterkam, unter uns kam als Immanuel, als Jesus, was tat er da? Er berührte seine Geschöpfe. Er heilte sie. Er gab ihnen neue Lebensperspektiven. Er sprach mit ihnen. Er diskutierte. Er hatte Gemeinschaft. Er machte sich verletzlich. Er starb für sie. Er stand wieder auf für sie. Besiegte den Tod. Er fuhr nochmal auf in den Himmel und sandte sich selbst wieder als Heiliger Geist, der nicht mehr verschwindet. „Ich bin bei euch, alle Tage, bis an der Welt Ende!" hat Jesus gesagt. Es kommt einem wirklich so vor, als ob Gott nicht nah genug dran sein kann an den Menschen, an seinen Geschöpfen. Die Bibel ist die Geschichte eines allmächtigen Gottes, der herunterkommen wollte und heruntergekommen ist.

Viele theologische Theorien und Systeme sind um die Denke herum aufgebaut, daß wir hier raus müssen um

Gott zu treffen und mit ihm zu kommunizieren. Dann sollten wir aufpassen, daß wir auf unserem Weg zum Himmel nicht Gott auf der Gegenfahrbahn an uns vorbeifahren sehen, auf dem Weg runter zur Erde. Der rote Faden, der sich durch die Berichte und Erzählungen der Bibel zieht, ist die Geschichte eines Gottes, der herunterkommen will und mit seinen Leuten leben will. Er erzwingt das nicht. Aber es ist sein größter Wunsch.

Eine verkehrte Welt. Gott kommt nach unten und macht uns vor, wie es geht. Und ich sehe manchen, der anfängt, es ihm gleich zu tun: Ich sehe Chefs, die ihre Angestellten fördern und nicht immer nur etwas von ihnen fordern. Ich sehe Eltern, die ihren verlorenen Söhnen und Töchtern nachlaufen. Ich sehe Regierende, die sich als Staatsdiener begreifen.

Verkehrte Welt? Nein, die Weihnachtswelt. Gottes Welt.

Lasse Sie sich in diesem Advent, in dieser ganz besonderen Jahreszeit, in der „Zeit der Ankunft", doch einfach einmal auf diesen Gott ein. Sprechen Sie mit ihm. Lesen Sie in seinem überlieferten Wort, der Bibel. Fangen Sie klein an. Schritt für Schritt.

Gott will nicht länger Gott der Macht sein. Er ist der Gott der Liebe! Ein Gott für Menschen. Für mich und für Sie! Sie sagen nichts mehr? Da kann man auch nichts mehr sagen. Da kann man nur staunen. Z. B. so, wie es in folgenden Liedstrophen, die von der Musikerin Claudia K. geschrieben wurden, ausgedrückt wird:

BRINGST MICH ZUM STAUNEN

1.
Da wo andere auf ihr Image sehen,
lässt du Vorurteile verblassen;
Statussymbole beeinflussen dich nicht.
Du siehst den Menschen hinter der Maske

Refrain
Du und dein ganzes Leben
bringt mich immer wieder zum Staunen.
Will mit deinen Augen sehen.
Was hab ich schon zu riskier'n?
Will dich nicht aus den Augen verlieren.

2.
Da, wo andre stur die Regeln erfüll'n
setzt du echte Hilfe dagegen;
frommes Gerede beeindruckt dich nicht;
willst zum liebevollen Handeln bewegen.

3.
Da, wo ich mich selbst nicht leiden kann,
stehst du zu mir, lässt mich hoffen.
Du siehst in mir, was werden kann.
Deine Liebe hält die Zukunft mir offen.

Text & Musik: Claudia K.©1996 (Claudia Klappstein)

WEIHNACHTSKARTEN

Sie sind aus der Advents- und Weihnachtszeit nicht wegzudenken:

WEIHNACHTSKARTEN! Viele von Ihnen werden in diesen Tagen, trotz zunehmender Digitalisierung, sicherlich eine und auch mehrere bekommen. Und selbst auch Weihnachtskarten verschicken.

Aber wieso bekommt und verschickt man eigentlich Weihnachtskarten? Das bleibt ja in der Regel nicht dem Zufall überlassen. Irgendwann setzt man sich hin und erstellt eine Liste von Freunden, Verwandten und anderen lieben Menschen, die man zumindest in der Weihnachtszeit einfach erfreuen möchte, die man grüßen möchte, die man ermutigen möchte. Eine Liste von Freunden.

Versuchen Sie doch einfach jedes Mal dann, wenn Sie eine Weihnachtskarte bekommen, zuerst so zu denken: "HEY, ICH BIN AUF JEMANDES FREUNDESLISTE". Das ist eine unheimlich schöne Sache. Seien Sie dankbar für Freunde, die an Sie denken, die Ihr Leben reich machen. Die Sie mittels einer Weihnachtskarte wissen lassen, dass Sie nicht vergessen sind.

Im Advent und besonders Weihnachten wird daran gedacht, daß Gott, der Schöpfer aller Dinge, selbst Geschöpf wurde. In seinem Sohn Jesus Christus lebte er als Mensch auf dieser Welt. Und während dieser Zeit sagte Jesus einmal zu einer Gruppe von Nachfolgern: "Ich nenne Euch jetzt meine Freunde". Allgemein wird in der Bibel immer wieder erwähnt, daß man auf Gottes Freundesliste steht, wenn man sein Herz für ihn öffnet.

Wissen Sie was es bedeuten kann, auf Gottes Freundesliste zu stehen?

Denken Sie gerne mal einige Minuten drüber nach.

Unterbrechen Sie ruhig kurz die Lektüre dieser Zeilen. Und lesen erst einige Minuten später weiter...

Seine Liebe ist Liebe einer anderen Art. Seine Geduld uns zuzuhören findet keine Parallelen. Er ist 24 Stunden am Tag erreichbar. Seine Ratschläge sind weise und wahrhaftig. Seine Kraftreserven unendlich. Und er stellt sie Ihnen zur Verfügung.

Vor ein paar Jahren habe ich einige schwierige Zeiten durchlebt. Dinge, die mit meinem damaligen Beruf als hauptamtlicher Pastor zu tun hatten. Und ich habe manchmal gedacht und zu mir selbst gesagt: "Was mache ich hier eigentlich. Ich will nicht mehr. Lasst mich in Ruhe mit dem ganzen Gammel und Stress." Trotz guter menschlicher Freunde in dieser Zeit.

Dann wollte ich einfach einmal allein zu sein. Bin am Rhein spazieren gegangen. Und auf einmal war da so ein

Gefühl, als ob Gott mit mir redet: "Thomas, echte Freunde kommen in so einer Situation, in der Du steckst, an Deine Seite. Und ich bin jetzt hier. Und ich begleite Dich in dieser Situation, als ein Freund."

Er hat nicht alles gut gemacht, in dem Sinne, wie ich mir das manchmal gewünscht habe - aber er ist an meiner Seite als ein Freund und manchmal auch Wegbereiter. Dadurch haben sich auch gute und richtig tolle neue Perspektiven ergeben.

Einige durchleben diese Adventszeit momentan vielleicht in dem Bewusstsein, daß die Weihnachtstage emotional fürchterlich sein werden, weil ein Stuhl am Tisch leer bleibt. Oder es ist Ihr erstes Weihnachten nach langer Zeit als Single. Jemand ist gestorben, die Ehe wurde geschieden oder irgendein anderer herber Grund, der Sie ein tiefes Tal durchschreiten lässt.

Machen Sie sich klar, daß Sie nicht alleine sind in dieser Zeit. Sie sind auf der Freundesliste von Gott. Und unter Umständen kommt er gerade zu Ihnen und teilt Ihnen mit: „Freunde kommen vor allem dann an Deine Seite, wenn der Weg immer schwieriger wird. Du bist nicht alleine. Ich bin an Deiner Seite. Jetzt hier in dieser Adventszeit."

Immer dann, wenn Sie in diesen Tagen eine Weihnachtskarte bekommen, danken Sie dafür, daß Sie Freunde haben und auf einer Freundesliste stehen. Bei Menschen und wenn Sie wollen, auch bei Gott.

Ich wünsche Ihnen eine fröhliche, gesegnete und entspannte Advents- und Weihnachtszeit. Und das Sie selbst eine Freundin, ein Freund sind.

KALENDERGEDANKEN

„O.K., dann lasst uns den Termin nehmen und eintragen" – die meisten meiner Freunde und Bekannten würden bei diesem Satz ihr Smartphone, Handy mit Zusatzfunktion oder Tablet-PC zücken, die „Kalender-App" oder Kalenderfunktion aufrufen und den Termin digital abspeichern. Eventuell noch eine Erinnerungsfunktion aktivieren, die sie dann akustisch rechtzeitig an den Termin erinnert. Ich selbst nehme in solchen Momenten meinen klassischen Terminkalender in Buchform zur Hand, schlage ihn auf, zücke meinen Stift und trage den Termin ein. Damit gelte ich sicherlich bei einigen als Exot. Aber es entschleunigt und tut gut.

Die Planung meiner Zeit und das Notieren meiner Termine mache ich immer noch am liebsten mit und in einem klassischen Terminkalender, die Seiten aus echtem Papier, eingebunden in schwarzes Marokkoleder, leicht abgewetzt, mit Goldprägung auf dem Umschlag als Randverzierung und für die Jahreszahl. Möglichst mit einem integrierten schwarzen Gummiband, der den Kalender geschlossen hält, wenn er nicht benötigt wird. Größe DIN A5 und wenn ich ihn aufschlage, habe ich jeweils eine ganze Woche im Überblick.

Jedes Jahr besorge ich mir wieder so ein Teil. Dabei liebe ich es, zuerst einmal die leeren Seiten anzuschauen. Sie haben etwas Unschuldiges, Reines an sich und laden zugleich ein, sie zu füllen. Zunächst trage ich dann die bereits feststehenden Termine ein und denke locker darüber nach, wie sich die weiteren Tage wohl füllen werden, welche Ereignisse die Seiten festhalten werden. Während Urlaubs- und Ferienzeiten sowie auf Reisen benutze ich den Kalender dann auch gerne als „Stichworttagebuch" oder um interessante Begegnungen festzuhalten.

Zum Jahresende schaue ich dann gerne noch einmal durch den Kalender, verweile gedanklich an manchen Tagen und lasse einige Situationen im Geiste nochmals kurz Revue passieren.

Jedes neue Jahr, jede neue Lebensphase, jeder Abschnitt ist für mich so wie ein Kalenderbuch mit lauter leeren Seiten. Noch voller ungeahnter Möglichkeiten und wartet darauf, beschrieben zu werden. Ich bin gespannt, was für ein Buch es am Ende des Jahres, am Ende eines Abschnittes sein wird. Gut, daß ich mitwirken kann an diesem Buch. Einfluss nehmen kann.

Dabei will ich darauf achten, wer noch in diesem Buch schreibt und seine Spuren hinterlässt. Begegnungen mit Menschen hinterlassen mit Sicherheit Eindrücke.

Ich wünsche mir aber auch immer, daß der Schöpfer des Lebens, daß Gott mitwirkt und der Sache eine gute

Richtung gibt. Einen guten Anstoß. Auf seine Beiträge will ich nicht verzichten. Ob ernst oder froh, ob traurig oder glücklich – es werden Beiträge zum Leben sein. Ich habe ihn eingeladen, seine Spuren in meinem Leben deutlich werden zu lassen. Und dadurch positiven Einfluss in der mich umgebenden Gesellschaft zu nehmen.

Wem möchten Sie gestatten, an Ihrem Buch zum neuen Jahr oder neuen Lebensabschnitt mitzuwirken? Worauf möchten Sie gerne einmal zurückblicken?

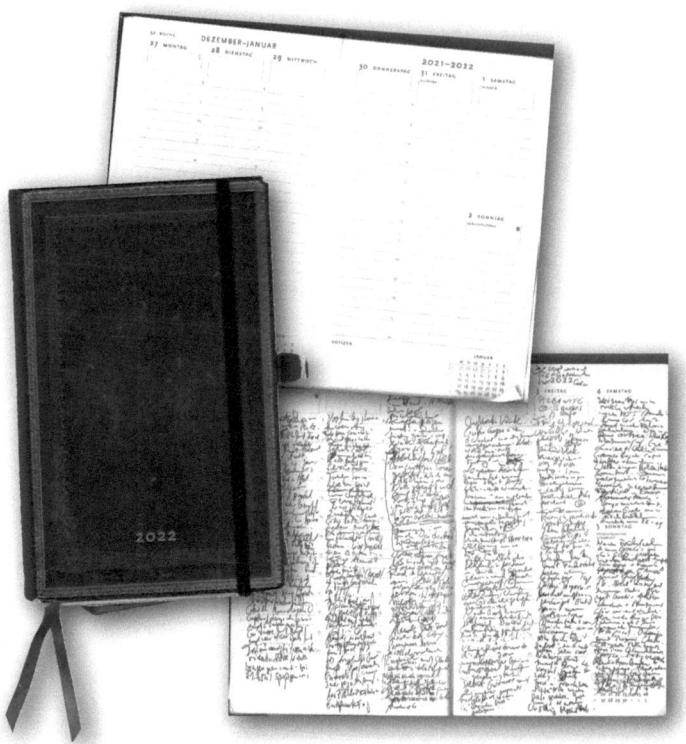

INFOS ZUM AUTOR

Thomas Klappstein ist geboren und aufgewachsen im Großraum Hamburg (Ahrensburg/Großhansdorf). Freiberuflich aktiv als Autor, Presse- u. Öffentlichkeitsarbeiter, Redner u. a. auf Hochzeiten (Kontakt über die Internet-Plattformen ‚Zeremonienleiter/Thomas Klappstein‘ oder ‚Rent-A-Pastor/Thomas Klappstein‘) und Trauerfeiern, Prediger.

Bisher über 20 Bücher als Autor und Herausgeber in diversen Verlagen. U. a. von 2012 bis 2018 die 7bändige Reihe ‚Weihnachtswundernacht‘ im Brendow Verlag, mit neuen Kurzgeschichten. Darüber hinaus Beiträge in diversen anderen Büchern und Publikationen (u. a. bei Rowohlt). Jahrelange redaktionelle Mitarbeit in diversen Zeitschriftenredaktionen. Gestaltet regelmäßige Rundfunkbeiträge für die hessische Medienanstalt ERF.

Er ist gelernter Groß- und Außenhandelskaufmann (Ausbildung in Hamburg), studierter Theologe (Studium in Fritzlar), studierter Diplom-Verwaltungswirt (Fachhochschule für Öffentliche Verwaltung Schwenckestraße in Hamburg). Als solcher früher u. a. Betreuung politischer Bezirksausschüsse im Bezirksamt Hamburg-Nord.

Ordinierter Pastor im Mülheimer Verband Freikirchlich-Evangelischer Gemeinden (MVFEG). Für diesen Delegierter in der Arbeitsgemeinschaft Christlicher Kirchen in Nordrhein-Westfalen (ACK-NRW). Früher hauptamtliche Gemeindearbeit als Pastor evangelischer Freikirchen im Ruhrgebiet. In Marl und Duisburg. Medienarbeit (PR & ÖFA) u. a. für den MVFEG und dessen MaiVestival, das von ihm auch inhaltlich mitentwickelt wurde.

Leitete 12 Jahre die ‚Follow The Son/Sun' Junge-Erwachsenen-Freizeiten in Calvi auf Corsica. Gestaltung von Segelfreizeiten des CVJM für Jungen aus sozial-problematischem Umfeld.

Er lebt mit Ehefrau Claudia, Sängerin, Musikerin und Lehrerin, im Duisburger Süden, nahe der Sechs-Seen-Platte. Zwei erwachsene Kinder Ronja und Lennart.

Mit seiner Ehefrau Claudia ist Thomas Klappstein seit 2012 zum Jahresende, jeweils ab Mitte November, regelmäßig zu ‚Adventlichen Kunstpausen - Lesungen & musikalische Atempausen zur Weihnachtswunderzeit' in unterschiedlichsten Locations unterwegs. Kontakt und Infos über Email: ThoKla1@gmx.de

Adventliche Kunstpause

Lesungen & musikalische Atempausen zur Weihnachtswunderzeit

Adventlich-Weihnachtliches-Programm-Angebot z. B. für Kulturschaffende und (öffentliche) Kulturinitiativen

Unter der Herausgeberschaft von Thomas Klappstein sind in den letzten Jahren 7 Bände der „Weihnachtswundernacht" in Folge als Buch im Brendow Verlag erschienen. Mit neuen Kurzgeschichten, Erzählungen und Texten unterschiedlichster Autorinnen und Autoren für die gefühlt oft schönste Zeit des Jahres, die einen bunten literarischen Bogen spannen über die Ereignisse der Advents- u. Weihnachtszeit. Humorvolle und spannende Geschichten sind genauso vertreten, wie nachdenklich machende und tiefgründige Beiträge.

Wie bei einem Kaleidoskop entsteht jedes Mal ein anderes Bild im Kopf des Lesers, wenn eine neue Geschichte gelesen wird zum Thema Advent und Weihnachten. Der Fokus richtet sich jeweils auf einen neuen Aspekt dieser „Weihnachtswundernacht", die vor knapp 2000 Jahren ihren Ausgang hatte, und bis heute den jahreszeitlichen Kalender maßgeblich beeinflusst. Unterhaltsam geschrieben, laden die Geschichten ein, die Vorweihnachts-, Advents- und Weihnachtszeit mit ihrem Charme zu genießen und sich auch von der Botschaft der Weihnachtswundernacht inspirieren zu lassen.

Mit den Geschichten und Texten aus den Weihnachtswundernacht-Bänden haben der Autor und die Musikerin und Sängerin Claudia K. seit dem 1.Band jedes Jahr „ADVENTLICHE KUNSTPAUSEN-Lesungen mit musikalischen Atempausen zur Weihnachtswundernacht" in den unterschiedlichsten Locations gestaltet (Bistros, Restaurants, Buchhandlungen und Bücherein, Dekoladen, „Wohnzimmerkonzerten", Kirchengemeinden etc.). Viele Veranstalter haben die „Adventlichen Kunstpausen" in ihrem jährlichen Veranstaltungsangebot fest etabliert. Die (neuen) Texte werden vom Autor ausgewählt und vorgetragen bzw. gelesen und Claudia K. sorgt für die musikalischen Atempausen.

Stimmungsvolle und atmosphärisch dichte Veranstaltungen, die für die Gäste entweder einen stilvollen Einstieg in diese besondere Jahreszeit bedeuten oder für eine kunstvolle Oase im hektischen Betrieb der Advents- und Weihnachtszeit sorgen.

In die wechselnden Programme fließen jedes Jahr eine Textauswahl aus allen veröffentlichen Bänden ein, dazu passende Musik - nicht nur weihnachtlich, aber immer passend (bei denen die Gäste auch oft und gerne mit einstimmen).

Eine „Kunstpause" in der Advents- und Vorweihnachtszeit, die bei den Zuhörern für überraschende, fröhliche, besinnliche und gerne auch herausfordernde Momente sorgen dürfen. Vielleicht auch einmal in Ihrer Region oder Institution? Oder bei Ihnen Zuhause?

Bei Interesse nehmen
Sie Kontakt mit dem Autor
dieses Buches auf:
Thomas Klappstein
Fon: +49 (0) 203/721428
Mobil: +49 (0) 174/7642521
Email: ThoKla1@gmx.de

Bücher von Thomas Klappstein:

„Weihnachten wird's wieder"
Neue Geschichten zur Weihnachtswundernacht
Brendow Verlag, Moers 2022, ISBN 978-3-96140-231-1

* Autorenbeitrag in: „WEIHNACHTSGESCHICHTEN AM KAMIN 37"
herausgegeben von Barbara Mührmann
rororo (Rowohlt Verlag), Hamburg 2022

„Weihnachten wird's"
Geschichten zur Weihnachtswundernacht
Brendow Verlag, Moers 2021, ISBN 978-3-96140-200-7

„Es weihnachtet trotzdem wieder sehr"
12 Geschichten, Texte und Impulse für eine besondere Zeit des Jahres
BOD Verlag, Norderstedt 2021, ISBN 978-3-7543-4293-3
Neuausgabe v. „Es weihnachtet trotzdem sehr" v. 2020

„Daß einer gestorben ist, heißt nicht, daß einer gelebt hat"
Die interessantesten Geschichten schreibt das Leben – die wenigsten
werden erzählt Leben vor dem Tod
BOD Verlag, Norderstedt 2020, ISBN 978-3-7519-7351-9

„Weihnachtswunderzeit – Kleine Geschichten zum großen Fest"
Trio Infernale Edition * zusammen mit Frank Bonkowski
und Mickey Wiese
BOD Verlag, Norderstedt 1. Auflage 2019, Erweiterte Neuausgabe 2021,
ISBN 978-3-75431-590-3

„Es weihnachtet sehr"
Erzählungen zum Ankommen in der schönsten Zeit des Jahres"
Brendow Verlag, Moers 2019, ISBN 978-3-96140-119-2

„WEIHNACHTSWUNDERNACHT" Bd.7
- Geschichten für die schönste Zeit des Jahres"
Brendow Verlag, Moers 2018, ISBN 978-3-96140-066-9

„WEIHNACHTSWUNDERNACHT" Bd.6
- Geschichten für die schönste Zeit des Jahres"
Brendow Verlag, Moers 2017, ISBN 978-3-86506-991-7

*„WEIHNACHTSWUNDERNACHT" Bd.5
- Erzählungen für die schönste Zeit des Jahres"
Brendow Verlag, Moers 2016, ISBN 978-3-86506-899-6

*„Nicht alltäglich – 182 1/2 außergewöhnliche Andachten"
Brendow Verlag, Moers 2010, ISBN 978-3-86506-329-8
2.Auflage Januar 2013 * 3.Auflage Mai 2016

*Autorenbeitrag in: „WEIHNACHTSGESCHICHTEN AM KAMIN 30"
herausgegeben von Barbara Mührmann
rororo (Rowohlt Verlag), Reinbek bei Hamburg 2015

„WEIHNACHTSWUNDERNACHT" Bd.4
- Erzählungen für die schönste Zeit des Jahres"
Brendow Verlag, Moers 2015, ISBN 978-3-86506-782-1

„Weihnachtswunderlichter"
Einige Favoriten aus WWN 1-3 im Reclam-Format
Brendow Verlag, Moers 2015, ISBN 978-3-86506-783-8

„WEIHNACHTSWUNDERNACHT" Bd.3
- 24 Erzählungen für die schönste Zeit des Jahres"
Brendow Verlag, Moers 2014, ISBN 978-3-86506-670-1

„WEIHNACHTSWUNDERNACHT" Bd.2
- 24 Erzählungen für die schönste Zeit des Jahres"
Brendow Verlag, Moers 2013, ISBN 978-3-86506-527-8

Autorenbeitrag in
„Winterwundernacht – 24 Geschichten bis Heiligabend"
Nicolas Koch (Hrsg.)
Brendow Verlag Moers 2013 * ISBN 978-3-86506-534-6

*„Keine halben Sachen - 182 1/2 neue außergewöhnliche Andachten"
Brendow Verlag, Moers 2013, ISBN 978-3-86506-525-4"

„WEIHNACHTSWUNDERNACHT"
- 24 Erzählungen für die schönste Zeit des Jahres"
Brendow Verlag, Moers 2012, ISBN 978-3-86506-405-9

*Zwei Autorenbeiträge in:
**„Wenn sich der Himmel wieder öffnet - Menschen mit
Schicksalsschlägen erzählen",**
Hrsg. Susanne Hübscher/Nicolas Koch, Brendow Verlag,
Moers 2012, ISBN 978-3-86506-375-5

*„Jesus - Besser ist das! – 52 neue Heartbeats", Das 3. Jesus Freaks
Andachtsbuch, Brendow Verlag, Moers 2011, ISBN 978-3-86506-359-5

*Autorenbeitrag in:
„WEIHNACHTSGESCHICHTEN AM KAMIN 24"
herausgegeben von Ursula Richter und Wolf-Dieter Stubel
rororo (Rowohlt Verlag), Reinbek bei Hamburg 2009

*„Jesus, was sonst?! – 52 Heartbeats # 2",
Das 2. Jesus Freaks Andachtsbuch,
Aussaat Verlag, Neukirchen-Vluyn 2008, ISBN 978-3-7615-5666-5

*„Kein Weihnachtsstress"
Aussaat Verlag, Neukirchen-Vluyn 2006,
ISBN 3-7615-5508-3

*„Verknallt in Jesus - 52 Heartbeats",
Das Jesus Freaks Andachtsbuch,
Aussaat Verlag, Neukirchen-Vluyn 2006 ISBN 3-7615-5504-0 und Orkrist Verlag

*„Volles Haus > Gottesdienste mit allen Generationen",
Aussaat Verlag, Neukirchen-Vluyn 2006, ISBN 3-7615-5305-6

*„Junge Gottesdienste gestalten",
Aussaat Verlag, Neukirchen-Vluyn 2004
(Aus den Beobachtungsprotokollen eines Geheimagenten des PGS
- Pharisäischen Gesetzes-Schutzes) ISBN 3-7615-5383-8